人生啊，就像一条路
一会儿西一会儿东
匆匆，匆匆

我们都是赶路人

胡德夫 —— 著

北京联合出版公司
Beijing United Publishing Co.,Ltd.

一个男人的岁月与山河

一

前不久，给胡德夫先生送书，作为他赠我专辑的回礼，在书的扉页上，我写下一行字："在您的歌声中，听得到岁月与山河！"

其实，后面还该有一行字，当时没写：

"以及一个男人所走过的路。"

二

岁月，有时也可以逆向衔接。

我们是在他已不年轻之后，才知道那么多他年轻时的故事。

1973 年胡德夫就已在台北酒吧里驻唱，并举办了台湾史上第一场个人演唱会，然后很快与李双泽、杨弦一起被称为"台湾民歌之父"，滋养了大陆几代歌迷的台湾民歌，他是最初推手之一。

但是，当了"父亲"的胡德夫似乎在此之后消失了，而"孩子们"占据了从民歌到流行乐的舞台，一唱就是红红火火的三十年。

时间中的胡德夫去了哪儿？我们为什么一直不知道他？

当时的大陆，主要靠各种引进版和盗版音乐来靠近台湾乐坛，从邓丽君到罗大佑，从齐秦到童安格都是如此。

可唱了三十多年的胡德夫，却没出过一张专辑，这让我们无版可引甚至无版可盗。直到 2005 年，已经五十五岁的他推出第一张专辑《匆匆》，才真正拆除了大陆歌迷与胡德夫之间的那堵墙。

这时，当初那个小伙子，已变成头发花白的老者。三十多年，一切都在变，可胡德夫好像还和以前一样站在那里唱着。在歌声里，有从前的岁月，黑白照片一样静默的山河。然后突然间，我们开始热泪盈眶。

三

也幸亏是在不年轻之后才听到胡德夫的音乐。就像年轻时爱喝可乐，可中国人，终会在岁月里明白茶的滋味。你走过的路越长，越接得住胡德夫歌声中的错综复杂。很多歌，乍一听是山河，细听却是岁月沉淀下来的骄傲和感伤，还有足以克服这个喧嚣时代的安静。

我曾经以为，年轻人不会喜欢他的歌，可后来发现：我错了。这一方面说明，走了那么远，胡德夫还是当初那个牛背上的孩子；而另一方面，与岁月及山河打交道的歌者，常常像莫扎特，老人与孩子才弹得好弹得对；也像一个人，最清醒和酒后最朦胧以及清晨和夜深人静时，听胡德夫的歌才最合适，平日人来人往喧嚣热闹时，就放过他吧。

　　可能胡德夫就是这样一个人：年轻时就成熟，年老了，却依然是青春时的模样。

四

　　华语歌坛曾经那么热闹，耀眼的名字一个接一个在舞台上闪亮，胡德夫好像孤零零地被扔在了远方。

　　其实，是他自己把自己送到了远方。用十几年的时间，为台湾原住民呐喊并争权益。他没有后悔过，或许正是这十几年，他把自己由一个大男孩变成了一个男人。在需要男孩时，他不唱歌，只为弱势人群说话；需要男人时，他回来歌唱，然后就一发不可收。也难怪，男人占人群的一半，可真正的男人，总是稀少。想知道男人用音乐怎么定义，可倾听他的歌！

五

　　2016 年，初夏的北京，胡德夫的音乐会上，我坐在台下离他和钢琴不远的地方，从他第一张专辑《匆匆》算起，我在歌声中认识他已有十一年。

然后我听到，他在台上提到我的名字，我会心一笑，然后猜想：下一首，他一定唱的是《最最遥远的路》。

很多年前，在一次家中的聚会上，酒后时分，我把胡德夫的《匆匆》放入 CD 机中，歌声一出，举座泪眼朦胧，以至于后来，柴静写我的一篇文章，就用了胡德夫的"最最遥远的路"作标题。

我明白，胡德夫先生知道了这些故事。

其实，该把《最最遥远的路》反过来送给他。因为他知道这条路上，一个男孩怎样变成男人；他知道，变化的时代里，什么不变什么该被保留；他更知道，岁月中，男人，该怎样唱歌。

他可能不是舞台上最耀眼的那一个，但当他把岁月与山河装到一个男人的胸腔里，他的声音就可能陪我们走得最远。这，或许是最最遥远的路的另一种含义吧。

听他的歌，总会想到自己的故乡，而故乡，正是年少时天天想离开，可年长后却夜夜想回去的地方。该感谢胡德夫，用他的歌，为我们唱出并永久保留了一个故乡。

目录

001　牛背上的小孩
唱着那鲁湾的牧歌
终日赤足 腰系弯刀

029　匆匆
我们都是赶路人
珍惜光阴莫放松

043　枫叶
我该拾起哪一片
换取那一刹那的秋波

057　最最遥远的路
你我需穿透每场虚幻的梦
最后走进自己的田 自己的门

071　大武山美丽的妈妈
流呀流着呀滋润我的甘泉
你使我的声音更美心里更恬静

CONTENTS

087 **为什么**
走不回自己踏出的路
找不到留在家乡的门

103 **飞鱼 云豹 台北盆地**
我的心向往着明日的太阳
透过云海温暖每对手足

121 **太平洋的风**
舞影婆娑在辽阔无际的海洋
攀落滑动在千古的峰台和平野

137 **记忆**
远方游子的信息寄托飘飞的落叶，
风奏鸣着季节的情景

155 **脐带**
你我之间那条本为一体的脐带
早已将我们紧紧的相连

175 **流星**
人生短促如朝露，聚沫幻灭
但人生总要留下一些美丽

183 **大地的孩子**
他们在蓝天下歌唱歌声传遍四野
他们在蓝天下歌唱歌声传到远方

203 **鹰**
我是大武山上
天空的一只老鹰

213 **芬芳的山谷**
我这一飞五十年
承载着思念充满着寂寞

231 **撕裂**
如果你不浇熄我
我就像一把火烧尽你

Ara Kimbo ▷

牛背上的小孩

『牛背上的小孩仍在牛背上吗』，其实是我自己在和曾在山谷里面放牛的那个孩子对谈，但我却已不可能再回那个美好的时光里去了。

▶▷

Ara Kimbo ▷

　　1950 年，我出生在台东东北方向阿美族的一个族区，那里距离台东市区有七八十公里的路程，用阿美族语讲，那个地方叫作"Shin-Ku"，后来又辗转被改名叫作"新港"，再后来被称作成功。

　　我妈妈告诉我，在我出生的时候，祖父从台东市附近的卑南下槟榔部落赶来新港接生、剪脐带，并将我带到海边的一个小港口，用太平洋的海水为我洗了人生的第一个澡。听祖母讲，祖父后来回到部落，常常会望着他帮我剪脐带的方向低语呢喃："Shin-Ku，Shin-Ku，你还好吗？"那就是在那儿呼唤我，我的乳名也由此而来。

　　我妈妈是排湾族人，爸爸是卑南族人，我是家里的第五个孩子，前面还有一个大哥，三个姐姐。我爸爸是日据时期的警察所长，后来转到乡公所去当户籍科科长。因为爸爸工作比较忙，所以我从小跟着妈妈长大。

在我三岁的时候，爸爸调职到大武山下的一个部落去工作。当局为了方便管理，把来自七个小部落的人迁徙到靠近平地的一个叫作 Puliu puliu·san 的地方去生活，这个部落以其中最大部落的名称 Ka-Aluwan 来命名，其实是由很多小的部落共同组成，而现在这些部落都已经汇集在一起了。这个地方也就是我后来在歌曲《芬芳的山谷》中写到的 "Sweet Home Ka-Aluwan"，但在当时，这里对我来说是一个新鲜的地方。

我爸爸那个时候担任户籍科科长，要给部落的人安排居住区域，不能让迁徙来的人与他的部落分开。这是一个排湾族的部落，而我和我爸爸却是卑南族人，我们在这里算是外来的。爸爸被派来这里工作，我们就和他们生活在一起。

我从小在这里长大，因此我很多的歌都指向这个地方——嘉兰山谷。从我三岁开始，母亲就常常牵我的手到这个我从来没有去过的山里面玩耍，提水的时候也会带我到河边去，在河边给我洗澡，在溪水边让我看看蜉蝣和小鱼。满山的月桃花，飞舞的蝴蝶在山谷里，那真是一个芬芳的山谷。

在我小的时候，我们整个部落不过几百个人，我妈妈是乡民

照片／胡德夫提供

这是我家唯一的一张家族合影。

前排中间站立的男孩就是我。

现在回想起来，

一辈子最快乐的时光就是那一段生活在山谷里的岁月。

代表，有时也会很忙，就连开会也不得不带着我去，可我常会给他们捣乱。于是在我还不满五岁的那年，妈妈把我交给小学的校长："嘉兰没有幼稚园，这个孩子放在学校，麻烦你照顾一下。"后来这校长帮我一直升学上去，我就比人家早读了一年小学。回想起来，这一辈子最快乐的时光就是那一段生活在山谷里的岁月。

我小学时候经常去砍一些草来给家里的牛吃，它是要负责耕田的。后来它生了小牛，我就经常在上课以前牵着它们到山上去，找一些有草的地方，把牛绳牵长一点，让它们可以去吃草。我也会在山上看老鹰，大鹰带着小鹰在天上飞，教小鹰飞翔，在天上"噫噫"地互相呼唤着，小鹰在后面紧紧跟随。我在山上放了六年的牛，周末的时候，躺在那个地方，看着那边的天空和高山，感觉这就是我的世界。一个山谷的天空就是这么小，这就是整个世界，但一个人的放牛生活也挺孤单惬意的。

台湾有个名叫叶宏甲的漫画家，他画了本很有名的漫画书《诸葛四郎》，这漫画讲的是古代的故事，四郎他们三个人是结拜的侠士，为皇上服务。我每个礼拜三都会从山上走路到七公里外，到太麻里附近靠海的地方买漫画，我时常幻想着自己就是漫画书里的四郎。

那时候我们小孩子都有一把短刀，但那短刀不能拿起来玩耍，只能用来砍荆棘。于是我们自己做了竹刀、竹剑，我把牛当坐骑，骑着它跑，它跑起来铿锵有力，还会跳田埂、跳水坑，仿佛就是一匹骏马。我骑着它飞跃，手中的两根缰绳就像漫画里描绘的一模一样。

我看完漫画后会传给我的同学看，大家看这个漫画看得入神，接下来我们就演漫画里的这一出戏。我来演四郎，其他同学演林小弟、真平，对方阵营戴了面具的同学假扮成我们的敌人。那时我们一天到晚玩这些东西，真的很快乐。

上学的时候，我并没有在课堂上坐下来好好听老师讲课，而《诸葛四郎》漫画和我大哥念的那一本《圣经》是我看得最多的书。然而因为这样，我认识的字却比别人多，遇见了很复杂、很深奥的字，我还要查字典。学校的课程我没有认真对待，每天只忙着和同学们玩耍，尤其农忙完毕之后，牛没事可做了，稻田的稻草多起来，我们就把稻草搭成皇宫的样子，旁边的水沟被我们当作护城河，我和同学们扮演着漫画中的正反两派，点着火把一支箭射过去，把稻草全都燃烧起来。反正它们迟早也要被烧掉当肥料，不如让我们先烧了。

快乐地玩耍看似没有尽头，每本漫画的最后都写着"敬待下期"，我们下个礼拜再去买一本回来看，然后继续这样玩。但在小学以后，一个偶然的机会使我离开了孩提时代的玩伴，也离开了美丽的山谷，我的一生从此发生了改变。

我的大哥和我爸爸因为宗教信仰的问题，反目不说话，爸爸甚至把哥哥赶出了家门。我哥哥大我二十几岁，他是一个眼睛看不到东西的传教人。那几年他跟爸爸没有说话，我常常在这两个人当中传达讯息，因为要照顾哥哥而家里外面两边跑。小学六年级的时候，有一天我骑着牛回来，哥哥跟我说淡水有个学校在招生，这是台湾一所拥有百年历史的学校，也算是一个"贵族学校"，台湾的东西南北地区各有一名原住民的学生可以获得全额学费的奖学金，但是需要去参加考试才行，我们整个台东地区要录取一名这样的学生。哥哥要我去参加这个考试，但那时候的我哪里读过什么书呀？平时的学习只不过为了应对考试而已，其他那些生活在平地的原住民学生知识水平都很强的。

哥哥让我跟爸爸讲，要他准许我去考这个试。我爸爸那个时候是从高级学校毕业的，他是知识分子，应该可以认可男孩子到远的地方去读书。

我爸爸虽然跟我哥哥不说话，但是看到了这个招生简介，他仔细研究，觉得那个学校应该是不错的。终于有一天我放学回来的时候，爸爸对我说："好，我答应你，明天就带你去考试。"

照片／胡德夫提供

保留在我身边的宝物，妈妈、大姐与大姐的女儿，
这是我家最温暖开心的一张照片。

让我自己也没有想到的是，两百多个人去参加考试，最终只有我一个人考上了。现在想来，这也许是读《圣经》、看漫画的结果。哥哥眼睛看不到《圣经》，我要帮他读，尽量解释给他听，那里面有很多世界历史、世界地理的事情，也有很多的小学时读不到的字，那时的小孩子谁能读那么厚的书？漫画里那种生僻的字眼，又有多少小孩子会呀？可是漫画里面就是这样画的，这样讲的，我也就是这样运气好地考上了那所学校。

其实我也参加了其他的考试，考上了台东的一些不错的学校，甚至包括台湾东部最好的学校。而我爸爸觉得我还是应该去离家远的地方，况且这学校也是免费的。但是我妈妈不准，跟我爸爸据理力争："这孩子不能离开我们的视线，不能离开台东，他没有离开过我的身边，去那边要自己洗衣服、缝扣子，要整理自己的生活，他怎么可能做到呢？"我爸爸被她说到最后，只讲了一句话："你一个女人懂什么？往那边读就对了！"

我要离开家的那天，大哥一路把我送到淡水，我牵着他的手，他眼睛看不到，我就是他的眼睛。我回过头去看，发现我妈妈在哭，远远的树后面，小学的同学们在跟我招手。我也不知道我将要去往哪里，淡水在哪里我也不知道。对我们来说，出了这个山谷，任何地方都叫作很远的他乡了。以前很多人出去当兵，从此再没有回来，所以我们的想法是出了这个山谷，以后会怎样就不一定了。

就像我后来在歌中写道的：悲泣的妈妈，懵懂的孩子。我就是这样懵懵懂懂地离开了家。

我和哥哥从部落出来，走了七公里的路，来到太麻里溪头的省道，要先从这里乘坐六个小时的"金马"号长途巴士到达高雄，再转乘晚上九点的火车去台北。到达高雄后时间尚早，于是哥哥带我在高雄随处逛逛。他听说高雄大统百货的七楼有个游乐场，便带我去玩碰碰车消磨时间。

碰碰车场地里面，十几辆载着小孩子的碰碰车横冲直撞，互相间不时发出"砰砰"的碰撞声。我没有来过城市，没有见过这么多小孩子，更没有玩过碰碰车，坐在碰碰车里面转了一圈后，发现自己看不到场地外面的哥哥了。我急忙从车上跳下来，从车与车之间的空隙中跑出场地去找他，告诉他我不要玩这个了，哥哥就带着我一起到七贤的火车站等火车，虽然路很远，但我们还是步行。

我们走到火车站后，在旁边的餐厅吃过晚饭，买票进了月台等车。小时候课本里画的火车都是跑在田野里，从书上看火车很小，我也没有见过车站，所以我认为我们要通过月台往外再走上一段路，也许火车在那样的一片田野里等我们。但走上月台后，没想到火车直接开进了这座"大房子"里面，巨大的火车头"叮叮当当"地奔袭过来，我吓得对哥哥大喊："火车要撞到房子啦！"然后拉起他的手就往外面跑。哥哥站在原地不动，我松开他的手，自己往月台口跑去。这时哥哥喊我回来，并告诉我，我们就是在这里乘火车，这就是火车接人的地方。

这趟火车是夜车，夕发朝至，晚上九点从高雄出发，早上六点到达淡水，中间需要在台北换一次车。我在火车上第一次看到还有"茶水服务"，坐席前桌子上有空茶杯，一会儿提着开水壶的列车员熟练地打开每个人的杯子，"哗"地一下倒满热水。这个场景留给我的印象很深，让我一直记到现在。

火车在黑夜中奔跑，外面什么也看不见，只知道自己离家越来越远。经过一天的奔波，我终于感觉到疲劳，在座位上慢慢睡去。

等我醒来的时候，火车已经到台北了。我们需要换车，哥哥拉着我去问要换哪一列车可以到淡水。当时台北到淡水的车程大约需要一个小时，在车上我又睡着了，直到听到广播里喊："淡水到了！淡水到了！"我睡眼惺忪，向外面看了看，然后转头问哥哥："这就是我要来的地方吗？"

"对，你要留在这里读书。"哥哥说道。

我继续问他："这边还有谁能听懂我们的话？"

"没有，这里没有人知道我们的语言。"

我失望地和哥哥走下火车，步行四十分钟以后，在七点前到了学校报到。哥哥在校门口把我拉到墙边，对我说："你要在这里好好地读书，我要回去了。"那时家里穷，哥哥不可能在这里住旅店，只能把我送到学校后，算好回程时间，坐车返回家乡。

舍监和训练新生的老师在学校门口迎接新生，我拎着皮箱，皮鞋挂在肩膀上。我小时候没有穿过鞋子，更穿不了皮鞋。在排湾部落里长大的孩子都是不穿鞋子的，我小时候放牛时，走的路上布满了各种植物的刺和坚硬的石头，时间长了，我的脚底长了厚厚的茧，所以根本穿不进皮鞋。在我之前进来的学生都穿着笔挺的服装，而我却还穿着家乡的衣服，皮鞋挂在肩上，显得非常特别，连老师都会笑我这个形象。

分配好宿舍以后，我和同宿舍的同学讲话，他们却听不懂我讲的话。后来两个原住民学长查看了新生资料，知道我是卑南族和排湾族人，所以特意过来看我，和我说我们自己的语言，这时我的心才稍有了点安慰。

在我刚到淡水念初一的时候，常常会想家，在家的时候我每天登高山，把牛骑到高山上去看海。我在淡水的学校也可以看到海，那海跟我们学校中间隔着一大片草原，上面却一只牛也没有。我写信给爸爸，要他赶快把牛寄过来，我可以一边读书一边继续放牛。在我们的山上很难找到那么多草，我在信里说这边的大草原上面没有牛，我可以在这里放牛，下课还能把它们带到山沟去喝水，这边的水草都足够丰富。对我爸爸来说，这显然是无法实现的事情，那时候连人过来都很困难，牛怎么能寄过来呢？但那时候的我天真地觉得他真的会把牛寄过来，没有等到他回信，我就越过学校的围墙、铁丝网，越过山沟去看那片大草原。而当我临近一摸，那草却只有薄薄一层，后来才知道，那原来是一片高尔夫球场。我的梦破了，就算牛过来也咬不动那个草。虽然到最后爸爸也没能把家里的牛寄过来，但我还是会常常想念自己在牛背上的日子。我人生中写的第一首歌也正是那首《牛背上的小孩》。

说起这首歌的创作，就一定要说起哥伦比亚咖啡馆，也要说起李双泽[1]，但这一切却都要从爸爸生病说起。

1970 年，我二十岁，那一年爸爸生病了。我的姐夫在台东的保健院里面当医生，当他发现爸爸吞咽不下东西时，便带他到台东的医院去看病，那里的医生怀疑他是食道癌，但台东的医院没

---

1 李双泽：台湾民歌手、歌曲创作人、画家，"台湾民歌运动"的发起者之一，曾提出"唱自己的歌"的倡议。1977 年 9 月 10 日，在淡水因拯救溺水游客而英年早逝。代表作《少年中国》《美丽岛》等。

有做切片检查的设备，所以只有到台北才能弄清爸爸的病情。

姐夫打电话告诉我爸爸生病的事情，却说没有办法带爸爸过来，我只好回到台东将爸爸接到台北，负责他的医疗。我带他到台大医院去看，结果证明是食道癌，而且有蔓延的可能。医生跟我说要开刀动手术，我说那就动手术好了，我要救爸爸。

那个时候的台湾还没有什么保险制度，原住民得了这样的病是不会去看医生的。我作为他的儿子，看他这么勇敢地面对疾病，于是也想和命运斗一斗，便开始拼命地工作赚钱。爸爸住院需要保证金，不然进不去医院。我艰难地拼凑出一些保证金送到医院去，还把自己和另外一个朋友的身份证押在医院里面来赊欠差额的部分。

在爸爸生病的前一年，我经人介绍认识了歌手万沙浪[1]，那时他刚刚退伍，跟自己的老乐团见了面，在台北一个医院的地下室里练团。我们都是卑南族人，他也是我爸爸朋友的儿子。我当时看了他们的排练，觉得万沙浪的英文歌唱得非常好，但发现他们缺少一个给他和声的人，他们乐团的鼓手、吉他手都没有和声的能力，而我有在淡江中学时期唱四重唱的音乐基础，所以我就向万沙浪建议，由我来为他和声。于是他决定让我来试试看。

---

1 万沙浪：台湾卑南歌手，1971 年因演唱电影《风从哪里来》同名主题歌而走红。1988 年曾在央视春晚中登台演唱。

我时常幻想着自己就是漫画里的四郎。
农忙完毕后，
我骑着牛和同学们在稻田边扮演着漫画里的角色。

当时的乐队除了主唱以外，通常没有单独的和声歌手，我没有乐器，空着手站在那里和声是很奇怪的事情。他们乐团当时正好没有键盘手，而很多歌曲又必须有键盘的声音才能让音乐的表现力更强。于是他们便教我弹键盘，让我在充当键盘手的同时来和声。好在我小学时候有过为合唱伴奏的经验，所以很快就能学会，并且与万沙浪配合和声的效果非常好。这种和声的效果让万沙浪的声音更加从容而丰富，我也因此成为"潮流乐团"的正式成员之一，做了一名和声歌手。

当时正值台北六福客栈开业，那里迅速成为人们追捧的时尚据点。它的二楼开设夜总会需要乐团演出，便开始组织全省乐团评比，优胜者入驻这里演唱。消息散开后，全省二十多个知名乐团一下子都参与进来，我们"潮流乐团"当然也要去参与竞争。这些乐团高手云集，竞争异常激烈，但我们最终幸运地脱颖而出，赢得了在六福客栈驻唱的工作。当时我们欣喜若狂，觉得自己就是台湾第一乐团了！从此，"潮流乐团"有了固定的演出场所，我也有了稳定的收入。

但六个月后，突发变故。万沙浪在六福客栈与客人发生争执，最后演变成了斗殴，六福客栈因此停止了我们的演出，我们失去了工作。在这之前，万沙浪在和欧威他们拍《风从哪里来》，并演唱了电影的主题歌《风从哪里来》，这时候万沙浪的老板刚好从新加坡来了，说这个电影杀青了，他的新歌也要发出来，要开记者招待会。万沙浪决定将乐团解散，因为他从此要走国语流行歌的路线了。

万沙浪的电影和歌一出来，他一夜之间便成了台湾最耀眼的新星。那时候名气很大的歌手余天在第一饭店演出，一个晚上的演出费是三千台币，而万沙浪一出场就是三万块，真是"天价"了。

在万沙浪受邀演唱《风从哪里来》的时候，我时常陪他去录音，一度我成了他的小跟班，在旁保护和协助他，但同时我也在寻找自己的出路。后来一位从日本回来的朋友因为知道我正苦于为父亲筹医药费，所以出资和我一起开了台湾的第一家铁板烧餐厅——洛诗地（The lost city），为我增加收入，并介绍我到他父亲的纺织厂工作。这段时间我一边看店，一边在纺织厂工作，但父亲的医药费实在太高了，即使打两份工也依然入不敷出，我只能继续寻找其他工作。很幸运，"哥伦比亚大使馆"商业推广中心的咖啡馆（俗称哥伦比亚咖啡馆）弹弗拉明戈的阿美族同胞杨光野这时候给了我一个好机会，他介绍我到哥伦比亚咖啡馆去唱歌，时间是每周的一三五。

就这样，我成了一名在咖啡馆里驻唱的歌手，其实我并不在乎谁在下面听我唱，更没管歌的事，反正我会唱很多歌，我就是要用这份工作的薪水来帮爸爸治病。我是个意外的歌手，万沙浪却是天生的歌手，他往流行歌那边走去，而我走到哥伦比亚，没想到这条路走下来，竟是民歌的摇篮了。

在哥伦比亚咖啡馆驻唱的时候，我认识了李双泽。我第一次见到他是在1972年，那时我唱歌的地方前面有几张桌子，半圆形围绕起来，座位的中间是一个很大的回旋楼梯，回旋楼梯是铁板做的，如果有人走上来便会砰砰作响。李双泽个子没那么高，人也很胖，看上去有点邋遢，牛仔裤不知多久没洗过的样子。他胸前挂着个照相机，身后背了一个他画画用的画架，看起来像个流浪汉。

我正在唱歌，他走过来，往最前面的那个椅子上一坐，开口便直接喊我的名字："胡德夫！我听说你是山地人呀？你是哪一族？卑南族？好，那你会唱卑南族的歌吗？"那时候台湾人叫我们山地人，不会叫我们原住民。他这样问我，直截了当地说："Bob Dylan[1]的歌我会唱，但是我们自己的闽南歌我也会。你把卑南族的歌唱给我们听吧。"

那天在场的人我谁都不认识，而他却大概都认识，他就是这样

---

1 Bob Dylan：美国著名民谣歌手、音乐创作人和艺术家。从20世纪60年代起，他在音乐界和文化界活跃了五十多年，是美国20世纪最重要的民谣歌手和民权运动的代表人物。Bob Dylan曾被美国《时代》周刊评为20世纪最具影响力的一百人之一。

的一个文青，跟席德进他们都是哥们儿。他还跑到恒春去听陈达唱歌，跟陈达也是朋友。他那样一个大学生走过那么多山川大河，对自己的土地那么用心，所以他写《美丽岛》，实在是够资格的人。

他帮我吆喝的那一下，让我在上面愣住了：我才来上班没多久，你就来踢我的馆呀？ 李双泽问我会不会唱卑南族的歌，说实在话，我没有在有卑南族的地方住过，而是长大在有排湾族的地方——大武山下。我小时候并没有唱过歌，被他这么一问，我在那边发愣了很久。

他看到我有点尴尬，就说先唱他们的歌给我听。他上来唱起陈达的《思想起》，而那个时代唱这样的歌是不入流的，是根本不能唱的东西，所有的人都这样认为。但是他唱得很自在，很有力。我在台下听他唱的时候，心里一直在找歌，我到底会不会卑南族的东西？后来我想到我爸爸唱他同学写的一首歌，也就是《美丽的稻穗》。

这首歌有三段歌词，分别讲稻米、森林和凤梨，而我只会前面讲稻米的那一段歌词。小时候只有我一个人在爸爸旁边时，常会帮爸爸添饭、斟酒，他喝醉的时候就会把这首歌哼唱给我听。我爸爸五音不全，当我回想起这首歌，想把这它串起来的时候感觉很难，不过我还是知道这首歌韵律的大概走向，但歌词我就只能胡诌了。我把第一段歌词唱三次，唱完之后我告诉大家这首歌叫作《美丽的稻穗》。其实这首歌原本是没有名字的，我按照歌词里所讲的稻穗，把它的第一句当作了名称，为这首歌取名为《美丽的稻穗》。

出乎意料的是，满满在场喝咖啡的人全部站起来鼓掌并惊叹道："哇！有这个歌呀？"李双泽说："我们就是有歌，就是有歌！"我一下子愣在了那边，在那个地方弹唱了几个月都没有人站起来为我拍手的，大家早已听习惯了这些歌，并没有什么稀奇。但是那一次却不一样，我就像被一阵台风吹过，回去也睡不着了。那天晚上，李双泽帮我提吉他到我的铁板烧店里去，在那里吃了一顿夜宵，杨弦[1]也和我们在一起。

后来我们三个人结为很好的朋友，杨弦向我学唱《美丽的稻穗》，学完以后开始尝试自己写歌，李双泽告诉我也来写点什么。但我写什么呢？我连谱子都不会看，我能写什么歌呢？李双泽却对我说："你会唱很多的英文歌，民歌那么多，都是写他们自己乡村的故事，你不是常常讲放牛的故事，那你就写写看。"我觉得他说得对，就开始写《牛背上的小孩》了。

---

1 杨弦：台湾民歌手，台湾民歌运动的重要发起者之一，曾将著名诗人余光中的多首诗作改编成为歌曲。代表作为《乡愁四韵》《西出阳关》等。

李双泽纪念碑立在了淡江大学
这里曾是"民歌运动"的发源地。

其实我一直惦念着我们村庄的人们，村庄的那些歌声，惦念着父母生我养我的感情。我也会想念我的牛，会想念天上的老鹰。我觉得都市是平的，脑海里面经常会浮现出山谷里所有的景色，在如此浓烈的乡愁之下，《牛背上的小孩》就这样被我写出来了。

在我写这首歌的同时，李双泽在写《我知道》，杨弦在写《乡愁四韵》，我们写到一半的时候会互相唱一段给对方听。我们这三个臭皮匠都不是学音乐出身，却整天像煞有介事地唱来唱去。人家说我们无病呻吟，但谁会知道，民歌的摇篮也就由此而来。

虽然有了在哥伦比亚驻唱的工作，但爸爸的药费还是不够用。在他住院以后，一年半的时间里开了三次刀，让他吃了不少苦。但也正是因为这样的经历，我的肩膀也变得硬了起来，一心想分担爸爸生病住院的事情。

那个年代，一般人如果得了癌症，大都会绝望的，觉得哪里都不要去，留在家里准备走了，因为高额的医药费没人能负担得起。爸爸用了一种德国的药，一针打下去就要三千台币，那时候一个"部长"的薪水每月才七千块钱，我一个月挣一两万都不够用了。

那三年里，我一直在想办法挣钱为爸爸治病，但很可惜，爸爸最终还是走了。我没有办法看到他最后一面，医院发病危通知的时候，医生已经确定他一两天就会过去，医院用车载他到停机坪，我

通往故乡嘉兰部落的路上，
墙上的壁画描绘着独特的人文风情。

照片／胡德夫提供

我和母亲在父亲的墓碑前。
父亲有着那种"牛"的个性，
他用他的行动影响着我，
无论生活怎样，都要坚强。

的姐夫带他坐飞机回台东去。我在医院还有很多债务，根本不能离开，我只好叫一个朋友守在那边，自己留在医院用两天的时间把债务处理好。最后钱还是不够，我叫了几个朋友又押上他们的身份证，我一定要赶回去看爸爸最后一面。在我回去的时候，他刚好叫了我的名字，就那样走了，而那时候我刚刚赶到家里。

爸爸走了以后，我听妈妈说，爸爸那种"牛"的个性，痛苦或是难过，在我面前从不会表达出来。我每次从外面忙完回来，看着他，陪着他，他都是一副很乐观的样子，其实他非常痛苦。妈妈说，只要我一出门，爸爸便把整个气都发泄在我妈妈身上，这里痛，那里痛，妈妈简直无法承受他这样的痛苦。但是爸爸看到我的时候却是那样坚强，所以不管我在外面如何忙碌，我都觉得要把压力吞下来，我要和他一样坚强，这对当时的我来说，似乎是两个男人之间的一种相处方式。那个时候我才真正知道什么叫作为家人负担一些东西，以前面对父母，都只是依靠。

爸爸走的时候，我的那首《牛背上的小孩》已经写完了。对我来说，这是特别有纪念意义的一首歌，歌里面最后的一句"牛背上的孩子还在牛背上吧"，其实是我自己在和曾在山谷里面放牛的那个孩子对谈，但我却已不可能再回那个美好的时光里去了。

牛背上的小孩

词曲：胡德夫

温暖柔和的朝阳

悄悄走进东部的草原

山仍好梦 草原静静

等着那早来到的牧童

终日赤足 腰系弯刀

牛背上的小孩已在牛背上

眺望那山谷的牧童

带着足印飞向那青绿

山是浮云 草原是风

唱着那鲁湾的牧歌

终日赤足 腰系弯刀

牛背上的小孩唱在牛背上

naluwan ho hai yan naluwan naluwan naluwan

naluwan ho haiye yan naluwan naluwan naluwan

曾是那牛背上的牧童

跟着北风飞翔跳跃

吃掉那山坡 坡上那草原

看那遨游舞动的苍鹰

终日赤足 腰系弯刀

牛背上的小孩仍在牛背上吗

终日赤足 腰系弯刀

牛背上的小孩仍在牛背上吗

牛背上的小孩仍在牛背上吗

Ara Kimbo ▷

匆匆

如今许多长辈、朋友凋零了，我也慢慢变成了白头发、白眉毛的老人，每一次唱起《匆匆》都仿佛是穿越了时光在和曾经的自己对话。人生啊，就像一条路，一会儿西一会儿东，匆匆，匆匆。

▶ ▷

在我刚刚开始创作歌曲的时候，有一些歌的作曲非常幼稚，但也充满了纯净，我最早创作的那首《牛背上的小孩》就明显带着这样的痕迹。那时我还没有创作的基础，也根本不识谱，所有的歌都是在脑海中酝酿，在生活中喃喃地形成旋律，再把它记录下来，谱写成歌。我的另一首歌《匆匆》也是这样的作品。

1973年12月底，由于很多大型的铁板烧餐厅洛诗地从日本来到台湾地区开店，在这样的竞争之下，我便和朋友把之前一起开的那家铁板烧餐厅收了起来。我店里的师傅纷纷投奔了那些来自日本的大店，而我又另开了一家名叫山水的小酒馆。这期间我的一位老朋友陈君天[1]找到我，要我为他写的一首歌谱

---

1 陈君天：台湾著名电视制作人，曾获得包括金钟奖在内的十七项电视大奖，代表作为抗战纪录片《一寸山河一寸血》。

人生匆匆，时间就像一个单向的箭头，一直在向前走。

美国民歌手 *Woody Guthrie* 的思想影响着我，
不能只写一写好听的东西出来，而要唱出心中所想。
写那些悲伤岁月里面的故事，写对明天的期待。

曲，这首歌就是《匆匆》。

陈君天是一位诗人，很年轻的时候就白了头发，后来干脆给自己起了个笔名——白头翁。当时他是台湾电视公司的节目部经理，后来拍了很多记录两岸历史的纪录片。在我们都还年轻的时代，台湾只有三个电视台，即"中视""台视""华视"。每年春节，这三个电视台都会轮流负责制作一场新春晚会，然后由这三家电视台联合播放。这样的新春晚会每年都有一首主题歌，陈君天写的《匆匆》正是准备作为那一年的新春晚会主题歌来使用。他写好两段歌词及副歌拿给我，要我三天以后谱好曲交给他。但我之前的歌都是在心里闷了好久才写出来的，三天的时间根本不够用，这样紧迫的时间只好让我不眠不休地躲在店里来写了。

三天以后我把写好的歌交给他，并问他为什么要写这样一首歌当新春晚会的主题曲。他告诉我以往每年晚会的主题曲都在唱"恭喜恭喜恭喜你"，既没有意义也很无聊，而且用闽南语念"恭喜你"，这样的发音意思就是"打死你"。他想在那一年改一改，今年不要"打死你"这样无聊的歌，于是写了《匆匆》这首歌，想一改新春晚会的主题歌风格。

我答应为陈君天写这首歌，实在是因为自己对它的喜爱，尤其歌里面中间的那句"种树为后人乘凉"，让我深有感触。我们常常在书本上被这样教导，但是台湾的森林却一直在沉沦。那些森林是我们的土地，在以前我们看护的时候，森林是那样茂盛，没有人会随意去砍伐大树。后来我们把森林交给了"林务局"去看管，森林却不见了，当地"林务局"简直变成了"砍伐局"。那山谷里美丽的小溪流一夜之间洪水暴涨，冲掉了很多村庄，几天以后那地方干涸下来，大地慢慢从绿色变成了咖啡色。与金钱、利益比起来，谁会在乎那些自己都未必有机会见到的后人？

《匆匆》是一首讲述时间的歌，用我们中国人的概念来说，时间就像一个单向的箭头，一直在向前走。假如我们不去把握时间，就会被它抛得远远的，而它却照样在行进，不会为我们稍做停留。在这样的感伤之下，《匆匆》这首歌激励着人们要珍惜光阴，与时间同行。

几乎同一时间，我听到了美国歌手 Jim Corce 在美国唱的 *Time in a bottle*，他觉得时间可以暂时被锁在瓶子里面，因为有一些诺言还没有履行，有一些梦想还没有到达，当有一天把瓶盖打开，也许才是那些东西到来的时候。同样是讲时间的歌，它和《匆匆》的逻辑却不一样，对比起来，这种东西方思维的差异是蛮有意思的事情。在我后来的演唱会上，我把这两首同一时代产生的歌都唱出来，我想告诉大家，对于时间，我们其实有更大

照片／久原摄影

2005年，专辑《匆匆》发行，
我在台北大安森林公园的户外公演，
舞台上，我们跳起了传统的舞蹈。

照片／久原摄影

每一次唱起《匆匆》都仿佛是
穿越了时光在和曾经的自己对话。

的空间去想象。

　　有很多歌手都唱过与时间概念有关的歌曲，比如 Bob Dylan
就在 *Blowing in the wind* 中写过这样的歌词：

　　　　How many seas must a white dove sail

　　　　Before she sleeps in the sand

　　　　How many times must the cannon balls fly

Before they're forever banned

……

How many years can some people exist

Before they're allowed to be free

How many times can a man turn his head

And pretend that he just doesn't see

……

How many ears must one man have

Before he can hear people cry

How many deaths will it take

Till he knows that too many people have died

　　当时的台湾，西洋歌盛行，很多年轻人都在唱 Bob Dylan 的歌，但谁都没有把他的歌想得那么深刻。还好我学过英文，我能了解这歌里面的意思，所以碰到《匆匆》这样的歌，我很高兴能够为它谱曲，而不是一直在写关于爱情的歌。那时台湾有很多人在写情歌，包括民歌里面也有很多风花雪月的作品，而我写的歌当中，最早的创作却是《牛背上的小孩》《大武山美丽的妈妈》和《匆匆》这样的作品，即使我后来写的歌，大家听起来也会觉得比较沉重，但这都是时代的戳印。

　　我有很多朋友都会写出内容深刻的作品，包括现在的《撕裂》，还有《美丽岛》这样颂赞着大地与人民的歌曲，我觉得这才是美国民歌手 Woody Guthrie[1] 讲的，我们不能只写一写好听的东西出来，而要唱出心中所想，怎样写那些悲伤岁月里面的故事，怎样写对明天的期待，怎样写自己看到的、听到的东西，这也是我写歌的一种态度。我读到《匆匆》的文字就觉得它与我对音乐的理念很相符，能将它谱成歌是一件值得高兴的事情。

　　《匆匆》写好以后，新春晚会的当天，陈君天居然让我与主持人白嘉莉同台，并由白嘉莉介绍我，然后她站在我旁边看我弹唱这首歌。白嘉莉是那个年代火遍全台湾的金牌主持人，谁能和她站在一起就意味着那个人马上要出名了，可我那时候所弹的钢琴就像刚学会一样，技法很粗糙，也没有什么指法可言，而那天的摄影师偏偏一直拍我的手，其实我那弹琴的指法全是错的，这让我感到非常尴尬。不过现在回想起来，我却觉得那是一个很好的开始，可以调整自己的脚步，让我从《匆匆》这首歌开始踏上音乐的旅程。那天晚上全台湾的人都在看这场晚会，对我来说，它

1　Woody Guthrie：美国早期著名民谣歌手，创作人。他关注和同情美国底层人民的生活状态。他的思想与作品深刻影响了著名民谣歌手 Bob Dylan。

就像一道曙光照进我的生命里来。

如今这首歌已经成了我最重要的一首歌，在许多演唱会上，我都会以它作为开场的曲目。因为我知道舞台下会有一些老朋友在听我唱歌，我与他们不一定能够经常见面，岁月匆匆，冬去春来，年复一年，我希望通过这首歌向那些久违的朋友道以问候，表示一下我对他们的惦念。

《牛背上的小孩》是我童年时光的写照，而随着时间的流逝，《匆匆》这首歌让我越唱感触越深。太平洋像巨大的水库悬在山谷的隘口处，大武山藏在云间，天上的老鹰陪伴着我，美丽的歌声在山谷中回荡。歌是我们生活中不可缺少的一部分，每天都会有歌声飘在山谷里，如果到了部落里有人订婚、结婚的喜事，或者是每个月农历十五月圆的日子，村庄就会点燃盛大的营火，年轻人围在一起欢聚，部落的老人们在后面吃肉、喝酒，看那些年轻人用身体的语言相互联结，听他们唱起那远古的歌。虽然在我还是小孩子的时候并没有歌可以唱，但我听到的部落里飘来的歌声就是山谷里最美丽的声音。

如今许多的长辈、朋友凋零了，我也慢慢变成了白头发、白眉毛的老人，每一次唱起《匆匆》都仿佛是穿越了时光在和曾经的自己对话。人生啊，就像一条路，一会儿西一会儿东，匆匆，匆匆。

匆匆

词：陈君天

曲：胡德夫

初看春花红　　转眼已成冬

匆匆　　匆匆　　一年容易又到头

韶光逝去无影踪

人生本有尽　　宇宙永无穷

匆匆　　匆匆

种树为后人乘凉

要学我们老祖宗

人生啊　　就像一条路

一会儿西　　一会儿东

匆匆　　匆匆

我们都是赶路人　珍惜光阴莫放松

匆匆　匆匆

莫等到了尽头

枉叹此行成空

人生啊　就像一条路

一会儿西　一会儿东

匆匆　匆匆

人生啊　就像一条路

一会儿西　一会儿东

匆匆　匆匆

Ara Kimbo ▷

枫叶

远远看去，她还是那么漂亮，还是穿着黑裙子、白衬衫，头发短短的，就像在淡江中学时候的样子。算一算她也六十多岁了，但对我来说，她依然是那样美丽的。

　　我的高中淡江中学位于淡水，学校坐落在一个小山冈的上面。从小山冈沿坡而下，经过一条长长的像天梯一样的小路走下来，可以通往淡水渔港。我常常在放学以后，在学校准许我们出校园的那个时段，从那条天梯小路走下去看看观音山、淡水河，再走到红毛城，看一看淡水最美丽的黄昏，然后走回校园去，那时候学校在晚上是要点名的。那样的黄昏是美丽的，然而比那黄昏更美丽的，是我读高中二年级的时候在校园里面遇见的一个正读初三的学妹。

　　我们校园的建筑结构很像北京的四合院，里面还有一座砖砌的古老八角塔。校园中间有一条通路，我们管它叫三十八度线，它的右边是女生教室，左边是男生教室，我们互相不能越过中间这条线。那条三八线的两边是整齐的草坪，虽然男女生之间不能通信，不能说话，但是我们可以在这边的草坪看着女同学走过来，朝她们吹吹口哨或者悄悄地问她们叫什么名字。

有一次我借着去教务处打扫卫生的机会偷着把学校资料翻出来，查到了那个学妹的名字，从此我会在她走近我的时候偷偷叫她，但她只是回头看看，并不说话。我们学校的男生女生都穿西装，蓝色的衣服上面印着校徽。学妹每次从我面前走过，微风吹起她的裙摆，美丽得像个天使一样。

我和学妹下课的时间差不多，但我可以借着管理学弟的名义提前跑到校门口去，等到她要下课的时候，我就先跑出校门，到学校外面的天梯小路去等她，这条小路是她回家需要经过的地方。那条长长的天梯小路被枫叶包围起来，黄昏时分，枫叶纷纷飘落，美丽至极。

我在天梯小路的下面做假装看书的样子，其实是在看着那样一个天使慢慢走下来。她每次经过我这里，都会向我点下头，轻轻喊我一声"学长"，然后从我身旁走过，绕到下面的淡水渔港，我只能默默看着她的背影。在那个花样的年纪，这样的场景令我难忘，却也心酸。

我们的学校是一所教会学校，也是贵族学校，那时候我是学校里面圣歌队的队员，每个礼拜天都要参加圣歌队的活动。

学校里教我国语的陈老师的弟弟常来学校打篮球，我无意间从他那里知道，那个学妹竟然是他的邻居，原来我常常站在半山腰看淡水河的时候，下面的一栋白房子就是她的家。

学妹和她的妈妈通常在淡水教会做国语的礼拜，她妈妈很年轻也很漂亮，但我一直没有看到她爸爸。后来我在教会里才知道，她是江苏人，她的爸爸是商船船长，所以他们一家人的穿着都很讲究。

从那以后，本不属于淡水教会的我也改在每个礼拜天去那里做礼拜，并参加了淡水教会的唱诗班。幸运的是学妹也参加了唱诗班，并巧合地与我坐在同一排。那是我唱歌最认真的一年，我并没有打算把歌声献给上帝，而是在唱给学妹听。她有时候唱到一半会悄悄凑过来听我唱，我便故意唱得很专注，恨不得用全部的歌来颂赞她。可我们仍然一句话都没有说过，她永远都只轻轻喊我一声"学长"而已。

在她即将毕业那一年，教会要办一个圣诞夜的活动，准备晚上到我们的老师和一些重要的教友、牧师家里去"报佳音"。"报佳音"的时候，大家像天使一样摸黑潜到这些人家的院子里，安静下来以后唱一些关于圣诞夜、平安夜的歌。这时候屋子里的灯会打亮，家里的人把糖果或者饮料拿出来分给大家，

淡江中学，我的母校，这里有我少年时代的回忆，
藏在我心里曾经深邃的暗恋，也在这里萌发。

时隔多年，红色的宿舍楼还是我上学时候的样子。

互相说些祝福圣诞快乐之类的话语，之后我们再换一家去"报佳音"。

那天我们到了校长家，他家的院子里有很多树，将月光遮蔽得暗淡下来。我们排着队走进去，学妹刚好站在我的旁边，想起她明年就要毕业，我就一边唱歌一边偷偷把手伸了过去，而她的手也慢慢伸过来，就在我即将与她牵手的一刹那，校长家突然亮起了灯火，我们两个人的手就像见不得光亮的精灵一样，只好在这灯火的映射之下躲藏起来。我已能感觉到她手的温度，但终究没能触碰，情窦初开的暗恋真的是又甜又苦的滋味。

我偷偷地看着她，她腼腆地低着头，不时地看看我。我对她说："圣诞快乐！"她回答我："是，平安快乐。"我们之间只有这样简单的几句话，那个晚上我回到宿舍睡不着，彻底失眠了。

在她毕业的时候，我在她放在教会的那本《圣经》里面写了几个字：将要毕业的你，在我心中不会毕业。我把一片红色的枫叶夹在那本《圣经》里面，压住我写的文字，就像信笺一样，留了一角露在外面。在我们那个学校，给女生写信是要记大过处分的，而我早已顾不得这些，我想她一定看到我写给她的字了。

那时候的我实在很幼稚，也不会写作文，但还是想写一点东西给她，所以就有了《枫叶》这首歌。这是很幼稚的，很苦恋的一首歌，我看到她的时候心里的悸动非常大，但她毕业以后就到铭传学院去读书了。

　　一年以后我高中毕业，回到家以后却躲了起来，不敢去听收音机里面的考试放榜消息，而除我以外全家几乎所有人凑在一起弄了一个大收音机来听。我们山上讲的国语和收音机里面讲的国语不一样，而且收音机有杂音，听不清里面在说什么，我根本不知道自己有没有考上第一志愿的大学，更不敢守在收音机跟前。我躲到村庄里的同学家去喝酒，我觉得自己不一定考得好，但没多久我听到了外面的鞭炮声，小学同学跑来找我，对我说："你好像考上了，第一志愿，台大。"而我却将信将疑。

　　后来有电话打到太麻里电信局说有我的电报，要我去拿。当我拿到电报才知道，原来是学妹跑去帮我看榜。我们之前几乎没有说过一句话，而她却在电报上对我说："金榜题名，第一志愿，以你为荣！"看到那张电报，我眼泪都要掉出来了，赶紧把电报拿回去给家里人看。但在那之后，大家各忙各的，我们都没有再联系。

　　到大学后，我意外地变成了一个歌手，学妹也即将从铭传商业专科学校毕业，但已经订了婚。我在淡江中学的一个学长与她的未婚夫是世界新闻专科学校的同学。学长告诉我："你以前暗恋的那个人，就是我同学的准太太。"虽然我听后心里不是滋味，但毕竟那种暗恋的感觉还在，于是对学长说我想见到她。学长说："没问题，我带我同学来，也带她一起来'哥伦比亚'听你唱歌。"

到了约定好的那天，他们三个人坐在台下正对着我的那个位子。学妹还是以前的样子，仍然没有正视我，而我也是以前的样子，我们两个人的眸光始终没有相对，以前学校里的场景如今搬到了"哥伦比亚"的舞台两端。

我这时想起了《枫叶》这首歌，那是一定要唱给她听的："在那多色的季节里，你飘落我荒凉的心园……"她的未婚夫离开了座位，只剩她一个人坐在那里，我唱歌的时候看到她在轻轻地擦拭着眼泪，我在台上一下子眼睛也红起来了，唱得有点哽咽。唱完那首歌，我把琴放下，很想去牵她的手，去拥抱她，但我一个山谷里面出来的孩子始终没能这样做，不过我有那样深邃的情爱藏在心里面。

我走过去面对着她，没有再喊他学妹，而是叫了她的名字，对她说："久违了，都好吗？"她想站起来，但远远地看到她的未婚夫从外面走过来，便又坐了回去，对我说："学长，我很好。"我说："恭喜你，要有夫君了。"她只是简单向我道谢。

2015年我重游母校淡江中学，
校园依旧如故，往事历历在目。

　　我跟她的未婚夫握了握手，说："你应该知道这是我的学妹吧？"他说知道，所以才来听我唱歌，是旁边的欧先生带他们来的。

　　那是我们的最后一次见面，那个时候照相机还不流行，也没有留下任何她的照片。但是她的样子始终印在我的脑海里面，一直挥不掉，人们常说初恋的感觉青涩而美好，但是如我这样的暗恋，却是又甜又苦。每次看到她，想到她，都觉得存在于眼前的是一片温暖的美景，但令人遗憾的是，这美景却总是出现在黄昏里。

　　2015年我回到台北看我女儿，女儿家住五楼，我从五楼顶层看外面，偶然间看到一个似曾熟悉的背影，那一定就是她。我从五楼大声喊她，但她并没回头，也许是因为外面的声音很嘈杂而没有听到。我冲到一楼去，从后面大声喊她，她还是没有听到，人也走远了，但我确定那个背影就是她。后来住在一楼的一个朋友告诉我，他们常看到她来，说是她的亲戚住在哪一个楼层。

　　远远看去，她还是那么漂亮，还是穿着黑裙子、白衬衫，头发短短的，就像在淡江中学时候的样子。算一算她也六十多岁了，但对我来说，她依然是那样美丽的。

　　《枫叶》是我至今唯一的一首情歌，她虽是别人的夫人，但有我满满的爱。

枫叶

词曲：胡德夫

在那多色的季节里

你飘落我荒凉心园

你说那一片片枯竭待落的枫叶

是最美好的签纸

我该摘下哪一片

换取那怡心的微笑

在你明亮的双眸里

看到落叶秋天

仿佛那一片片

都是来自你的双眸

是最美好的情景

我该拾起哪一片
换取那一刹那的秋波

在那往日的树林里
落叶依然满园
你曾说那一片片
枯竭待落的枫叶
是最美好的签纸

我该拾起哪一片
寄往那遥远的微笑
寄往那遥远的微笑

Ara Kimbo ▷

最最遥远的路

很多的事情我们已经不再默默承受，我们会站起来告诉其他人对与错。在我们参与这些活动的时候，我们的歌就已经存在于那里了。

▶▷

1968 年，我在台湾大学读一年级。在那之前的一年，我前一届的学长为了聚集在大学里面读书的原住民学生，联合新竹以北的各大专院校里面将近两百位同学，组成了一个名为旅北山地大专学生联谊会的组织。这是一个跨校的社团，仅限原住民学生参加，有些类似于知识分子的同乡会。我在大一时候加入这个联谊会，经过一次改选以后，我做了这个联谊会的第二任会长。

我们的联谊会每年会有一到两次比较大型的聚会，一方面是为了会长的改选，另外也有议题需要大家在一起讨论。在我做会长的时候，开始制定属于自己的活动形式与会议纲要，也想把自己的文化结合在里面。

我算是接触其他原住民族同学比较多的，在淡江中学读书的那六年里，每年都会有三十个左右原住民学生入校读书。在我到台北以前，根本不知道卑南、排湾以外民族的故事，最多也只从书里看到一些。而在淡江中学里，我常与这些各族的朋友聚在一起交流，与他们互相学习各自的语言与文化。正是有了这样的经验，所以我才想将这样的文化交流带到我们的联谊会中去。

我们聚会的时候很热闹，一两百位各族的同学都来参加，每个人都会拿出自己民族特有的文化来向大家展示，有人射箭，有人烤肉，大家也会比赛唱歌，没有人想做第二名，自然就会把很多精彩的东西展示出来。大家最后会像在丰收节那样手牵着手跳舞，我觉得这是最动人的事情。卑南的同学会教大家跳他们的战斗舞，生活在兰屿的达悟族同学教大家跳勇士舞，很多的民族元素融入进来，这是真正属于我们自己的活动，我们以这样的方式了解自己的民族，了解自己兄弟的民族文化。这些同学在丰年祭的时候也会互相邀请去交流各自的民族最传统的文化，大家紧密联系在一起，正视我们在台湾所遇到的共同的问题。

在那个时代，我们其实蛮懵懂的，讨论的问题也很肤浅，常常在想我们自己到底是谁，为什么人家会说我们像菲律宾人，像马来西亚人，我们要不要去和他们交流，这些问题现在想来幼稚得很，我们还不懂得对有关原住民的行政事务去做进一步的了解与分析，不过我们想知道自己的族群到底在台湾要被如何定位。

后来我们与台大人类学的教授常会有接触，希望通过他们去了解更多当局对台湾地区原住民的各项行政措施，了解我们自己的音乐、语言和文字。我们去询问这些教授、老师，当我们通过越来越多的资料与数据了解到农业、经济、工作机会、教育的普及的状态时，自然会有自己的看法，大家也会发起讨论。各民族同学的意见都很重要，但这却会惹来麻烦，教官常常来找我们，问我们为什么要离开他们的活动，这时候我们必须向他们做很多说明，这是每一届会长都会遇到的困扰。

在这一时期，台湾地区开始了十大建设与经济发展，原住民的经济模式也开始被套入台湾地区整体的经济模式里面，很多东西发生了很大的变化。许多一辈子也没有想过要离开山谷或海边的原住民开始不断到家乡以外的地方去谋生，但因为缺乏工作机遇，又急于获得现金收入，他们很快被套入了台湾地区社会

照片／胡德夫提供

大学时仍维持高中时期的球员身份加入台大橄榄球队，这张照片摄于淡江中学橄榄球队时期。

劳工的最底层，也由此延伸出很多雏妓、童工的社会问题，不断浮到台面上来。

从 1968 年到 1978 年这十年间，联谊会的学生们思想还比较肤浅，但也逐渐从单纯的同乡聚会开始转变到想怎样去帮助自己的同胞。这十年间，很多同学跟随着老师去做社会、经济、文学等方面的田野调查，这些田野调查会在大学教授和研究院民族所那里形成一系列的数据，最终在 20 世纪 80 年代初期变成台湾地区行政评估报告书。许多学者在里面第一次做了有关原住民问题的学术发表与建议，这些数据是台湾当局无法摧毁的。从那时起，我们开始发起了原住民运动，想为社会做出一些工作来。

1983 年的时候，我在编辑作家联谊会负责少数民族的工作，那段时间我常常回去参加学弟他们每年的联谊会。当时台湾大学有一个叫作《高山青》的刊物，它由在那里读书的原住民青年所创办，讨论的是台湾地区原住民的处境和其他的社会问题，而我们在编辑作家联谊会也有对同样问题的讨论，研究院也正在做四十年来当局对山地行政问题的一些评估报告和研究，这三种力量结合起来就变成以后我们进行社会运动的基础力量。

当时编辑作家联谊会逐渐成了台湾地区社会运动的底盘，但在发展之后也有了一些分裂。其实大家的政治观念本不一样，为

照片／胡德夫提供

上世纪70年代初，我曾在稻草人西餐厅演出。
我逐渐意识到，歌唱也是为原住民权利呐喊的一种方式。

了台湾的社会运动而聚合在一起，等到发展壮大了些，便开始出现许多意见有分歧的地方，也出现了内部的斗争，甚至排挤我们。后来我索性离开了那样的是非之地，自己另外成立了"台湾原住民权利促进会"，继续为台湾的原住民做一些社会工作。

1983 年，旅北山地大专学生联谊会在改选会长的时候再次召开了一个年会，我去参加他们年会的时候，写下了这首《最最遥远的路》送给他们。虽然现在台湾看起来很小，但在以前交通不方便的时候，那些原住民学生从山谷与海边来到都市求学，已经算是一种很远的北漂了。在当时，就像我在歌里面所唱到的，我看到同胞离开他们的故乡来到了都市讨生活，他们在都市的边缘上，正在适应一个新的生活状态，在这种状况下，那些正在读书的年轻人开始担忧部落里面慢慢解构的情形，也包括部落的经济与建设。虽然大家都在读书，但是始终想回到部落去奉献自己的一些力量，然而这是无奈的事情。大多数人还是选择了留在都市里面找工作，结婚生子，一直没能回去，最终变成一个遗憾。

我在这些年轻人身上寄予了很多的希望，所以我在读泰戈尔《飞鸟集》的时候便有了这样的感受。我和这些学弟一样来自中央山脉，来自太平洋边，我们遍叩远方的门来装备自己，在都市里面求得发展，求得学问，也求得一份记忆。在我们读书的时候，有一个远大的志向就是自己有一天能够回到部落工作，能够为部落贡献自己的一份力量，因此我写了一首歌与泰戈尔对照："这是最最遥远的路程，来到最接近你的地方。这是最最复杂的训练，引向曲调绝对的单纯。你我需遍叩每扇远方的门，才能找到自己的门，自己的人。"我想借此告诉学弟们，我也是从他们这样的地方出发，我期许他们能够找到属于自己的那扇门，也找到自己的人，因为那些原住民同胞早已散落各地了。同时我也希望他们能够找到可以生活下去的一条路。

"这是最最遥远的路程，来到以前出发的地方，这是最后一个上坡，引向家园绝对的美丽。你我需穿透每场虚幻的梦，最后走进自己的田，自己的门。这是最最遥远的路程，来到最最思念的地方。"这种写照对我们这些"北漂"的孩子来说特别有感受，我算是比较早地来到北部读书的孩子，而且我不是直接来读大学，而是从初中就来了，那种背井离乡，茫然无助的感受是非常痛苦的。我们原住民学生在教育资源方面跟都市相比有很大的落差，因此许多师长、朋友对我们加倍地关怀。而在当时，这些年轻人对自己民族与社会的关怀情绪比二十几年前的我还要急切，所以他们冒着学业上很大的风险为自己的同胞在学校里面发展地下刊物，只是想要更多的人知道，在这片土地上，我们原住民到底发生了什么问题。

我写这首《最最遥远的路》来鼓励他们，其实也是写给自己和一些朋友，我们走过这个上坡，未来一定会变得更好。我从十九岁开始驻唱，到我三十三岁的时候，台湾地区社会刚好到了一个可以做些事情的时候，我也觉得是时候为自己的身份做点事情了。

很多朋友在那个时候认定我是民歌的逃兵，认为我没有再唱歌了。其实他们并没有了解我的歌是什么，我在参加社会运动的同时一直不断地在写歌，包括《为什么》《最最遥远的路》，我觉得这样的歌对我来说才是真正的民歌，而别人却不知道我转到这样的民歌阵地去了。

这件事情在当时引起了很大的论战，在大家的印象里，民歌一直都是小情小爱的东西，但我和杨祖珺的民歌却是直接走到各地唱给人们听的。那时我们的歌不准在电视媒体或公开场合播放，我们就把钢琴架在小卡车上面唱。

我们对社会运动也算有一些文化上的贡献，大家聚在一起谈政治与文化，谈论着到底要唱怎样的歌，要写怎样的文章，于是这个讨论的过程慢慢变成了各种政论杂志的摇篮，许多杂志今天被禁了，明天改一个名字重新出来，大家都会买来看。以前有关原住民的事情不可能传达到别人的耳朵和眼睛里，不过虽然报纸和电视都不会讲，但会以这些杂志为出口而出现在里面。

我们谈了很多兰屿的核能废料问题，远洋渔民的问题，土地与林务局的问题，教育的问题。日本人编造出吴凤的故事被放在教科书上，让汉族朋友与我们的孩子之间的矛盾通过教

照片／胡德夫提供

我写下这首《最最遥远的路》，来鼓励自己和一些朋友，我们走过这个上坡，未来一定会变得更好。

现在每所大学都有了自己的"原音社"，表达原住民自己的声音。

育一直在加深，这是我们要推翻的事情。我们必须让社会知道我们在想什么，在我们觉醒的时候也要找到一个方式可以让大家觉醒过来。

其实我们最早建立旅北山地学生联谊会的初衷是想找到那些在学校里读书而又联络不到的原住民学生，但他们不愿意参加我们的联谊会，我们搞不懂，他们明明就是原住民，为什么不愿意承认自己的身份？后来我们陆续和这些同学接触聊天才发现，原来大家都会因为自己的原住民身份而感到自卑。在那个时代，原住民被人们冠以轻蔑的称呼，说我们是从南洋来的，很多孩子甚至连自己的语言都不敢说。

在经历过"原住民运动"之后，我们的联谊会一直延续至今，现在每所大学都有了自己的"原音社"，表达原住民自己的声音。很多的事情我们已经不再默默承受，我们会站起来告诉其他人对与错。在我们参与这些活动的时候，我们的歌就已经存在于那里了。如今这些社团每年还都要请我去和他们聚一聚，而他们现在的聚会也都以属于自己的方式举办了，或在山上，或在海边。他们依旧关心像"美丽湾事件"这样属于自己的议题，大家仍然在爬坡，却也希望这攀爬的是最后一个坡。

现在有越来越多的原住民孩子在大学毕业后选择参加行政考试，直接回到家乡去服务，他们与已经回去的艺术家、工艺家结合起来，与其在外面过流浪的生活，不如回到故乡去，一面照顾土地，一面做与文化相结合的工作，最后变成地方上许多小小的联谊会。

很庆幸我们的联谊会凝聚关怀了那么多的原住民同学，我们把他们拉回来，用我们的作为来证明谈论自己原住民的身份是一件多么光荣的事情。

最最遥远的路

词：泰戈尔 胡德夫

曲：胡德夫

这是最最遥远的路程

来到最接近你的地方

这是最最复杂的训练

引向曲调绝对的单纯

你我需遍扣每扇远方的门

才能照到自己的门 自己的人

这是最最遥远的路程

来到最接近你的地方

来来来 来来来

这是最最遥远的路程

来到以前出发的地方

这是最后一个上坡

引向家园绝对的美丽

你我需穿透每场虚幻的梦

最后走进自己的田 自己的门

这是最最遥远的路程
来到最接近你的地方
这是最最遥远的路程
来到以前出发的地方
这是最最遥远的路程
来到最最思念的地方

naluwan i ya o hai yo yan

ha i ye yo yan na i ya o hai ya hai

naluwan i ya o hai yo yan

ha i ye yo yan na i ya o hai ya hai

naluwan i ya o hai yo yan

ha i ye yo yan na i ya o hai ya hai

Ara Kimbo ▷

大武山美丽的妈妈

▶▷

传说我们的祖先从大武山上的石缝中诞生，并在山上繁衍子孙，他们的后代从山上下来到了台东与屏东，寓意着从太阳东升到西沉的地方遍布着大武山的子民。

在我写完《牛背上的小孩》之后的第二年，李双泽帮我在台北的国际学舍（现大安森林公园）举办了我人生中的第一场演唱会。国际学舍原本是一个举办篮球比赛的地方，但也能举办演出，在当时算是台北最大的演出场地了。面对这样的演出场地，我怀疑自己怎么可能到这种地方去演出，而李双泽却很有信心，他让我准备好已经写好的歌和自己民族的歌，再加上我们的朋友写的歌，还有一些我们本来就在唱的英文歌，用这些歌曲把演唱会撑起来。

在演出开始前，李双泽筹到钱把国际学舍租了下来，又找到我们认识的一位弹贝斯的朋友，借用他爸爸的印刷厂印了许多海报，印好以后我们跟着李双泽到处贴，就这样硬是把演唱会办起来了。

演唱会的当天台下坐满了人，我之前在哥伦比亚咖啡馆认识的林怀民、席德进、张木养、张杰这些艺术大师全都到了现场，他们坐在第一排非常高兴地起来舞蹈。那次的演唱会带给年轻的我巨大的震撼，原来演唱会是这样子，那是我这一辈子第一次看到的演唱会，而这演唱会居然是自己在上面唱歌，真让人感到不可思议。

演唱会开完以后，我受到很大鼓舞，接着就写了《大武山美丽的妈妈》，只不过这首歌在我最初写的时候还叫作《大武山》。我从小生活在山谷，到了都市以后，常想念家乡，也想念自己曾经放牛的那个山谷，所以才会写这首歌来纪念像母亲一样的大武山。

大武山是排湾族所认为的圣山，我们的很多诗歌与传说都与它有关。我们称呼大武山为天空，因为它的山顶常年被云雾笼罩，轻易看不见。传说我们的祖先从大武山上的石缝中诞生，并在山上繁衍子孙，他们的后代从山上下来到了台东与屏东，寓意着从太阳东升到西沉的地方遍布着大武山的子民。

《大武山》那首歌的韵律是我妈妈那辈人生活在日据时期，用来描述山上生活的一个原住民音乐曲调，他们那辈人都唱这样的歌。因为我在都市里面很想念妈妈，就把我写的歌词用在改编过的曲调上，这就是这首歌最早的样子。对我来说，大武山就是最美丽的妈妈，山谷里的声音永远是那么美丽。

台湾国际学舍旧址，现在变成大安森林公园的一部分。
1973年，在这里举办了我人生中的第一场演唱会。

　　在我写完这首歌以后，1980 年，吴楚楚[1]带着潘越云找到我，推荐她来唱这首《大武山》。我在哥伦比亚咖啡馆驻唱的时候，吴楚楚也算那里的常客，他常和我的一位卑南族大哥到这里来。台湾那时候没有什么可以唱歌的舞台，而哥伦比亚咖啡馆是为数不多的可以唱歌的地方。那里有大扇的落地窗，外面是很漂亮的公园，它不像国宾饭店那样的咖啡馆不让客人坐很久，而是不清场，客人在里面坐上一整天也没关系，所以胡茵梦、张艾嘉、洪小乔[2]这些台湾文艺界的朋友在当时都会聚集在那里。我在那里驻唱的时候，唱的都是电台里播放的英文流行歌，而下面很多人都是拎着吉他来听，我在休息的时候就把舞台开放让大家上去唱，慢慢这里也变成了大家结交朋友的地方。

　　吴楚楚是吉他好手，曾上台表演过他的吉他，也唱过一些英文歌，我和他就是在那个时候的哥伦比亚咖啡馆认识的。只不过当他带着潘越云来找我的时候，由于台湾与哥伦比亚"断交"的关系，原本隶属"哥伦比亚大使馆"的咖啡馆已经变成了一个专

1　吴楚楚："台湾民歌运动"中的重要歌手之一，1982 年与彭国华、陈大力共同创办著名的"飞碟唱片"。2005 年曾获台湾金曲奖特别贡献奖。

2　洪小乔：活跃于 20 世纪 70 年代的台湾著名歌手、主持人。她在演出时自弹自唱，这在当时给人们耳目一新的感受。她主持的电视节目《金曲奖》鼓励原创歌曲和歌手，在当时的台湾引发轰动，推高了音乐人的创作热情。

供人们唱歌的地方。

我当时并不认识潘越云，第一眼看到她的时候，我还以为她也是原住民，因为她的样子真的和原住民很像。不过后来我听她的家人讲，他们的确是台湾西部原住民的后代。现在的淡水、北投、基隆那里有很多姓潘的人家，和从大陆来台湾却同为潘姓的外省人不同，台湾本省人中姓潘的人，以前大多是台湾西部靠近水域附近的原住民，清朝时候被赐姓潘的，也就是"水番"的意思。

潘越云选择唱《大武山》这首歌让我感到很意外，但另一方面，当时的台湾也的确没有那么多歌可以唱，就连杨弦大部分的歌在当时也都还没有被创作出来。《大武山》这首歌后来被潘越云收录在她1981年的《再见离别》专辑中，同样在那一年，我把这首歌创作得完整起来，并最终改名为《大武山美丽的妈妈》。这一方面是因为我觉得大武山就是我们美丽的妈妈，另一方面我也联想到很多台湾那个年代关于"雏妓"的社会问题，想到那些遭受苦难的女孩子，因此又在歌词里加入了关怀的内容，其实这首歌也为我后来参加原住民运动埋下了一颗种子。

那个时代的台湾社会，经常有人把十二三岁的女孩子拐骗到城市里面去做"雏妓"，她们大多是原住民的孩子，就那样在暗无

我的故乡——嘉兰，就在大武山的怀抱中，
大武山是我美丽的"妈妈"。

天日的角落里遭受折磨。在当时台湾的原住民部落里，原始自给自足的经济模式已经被打破，完全被套入了台湾整体的经济模式当中。人们无法留在部落里工作，他们为了满足家计的需要，只能选择外出工作。在那个时代里，劳动是被社会所需要的资源，大人出去做粗重的工作，一些小孩子也会在小学毕业后被送到外面的工厂里做了童工。现在法律不允许这样的事情出现，但过去是没有人管的。这些十二三岁的孩子被送到台湾西部的工厂里，男孩子被留在工厂里做很不好的工作，有一些女孩子就被拐骗去做了雏妓。

我高中的时候有个同学，他家住在北投去往淡水的铁道边上，在那些铁道沿线看似荒凉的地方有一些破木棚搭建的房子，这里便是这些女孩子遭受折磨的地方。高二的时候我同学带我去过那里一次，走到那些破木棚的外面就能听到那些小女孩挣扎、哀号的声音。同学说他每次经过这里都是这样，这次特地带我来看，他说我们的社会现在变成这个样子，专门蹂躏这样的小女孩。那时候还没有雏妓这个概念，但是这种事情慢慢地越来越多，我们才发现像万华、华西街这样所有的黑暗角落，都有这些小妹妹被卖到妓院里去。而她们的家人根本不知道她们身在何处。

在了解到这样的情况以后，我们的一些朋友假装成寻欢的恩

卑南族有一个由古代沿袭下来叫作palakuwan（少年会所）的组织，
十几岁的男孩子，会在这里练胆子，学征战。

客，花钱进去打探那些小女孩的情况，偷偷问她们如果有人来救她们，能不能跑出去，但她们都是拒绝的，因为一旦逃跑不成，她们会更惨。那段时间里，那些假装的恩客在里面做调查，我们在外面想救人的办法。

卑南族有一个由古代沿袭下来叫作 palakuwan（少年会所）的组织，参加这个组织的都是十几岁的小孩子，他们在那里练胆子，学征战，我们最终带了几个曾参加过少年会所的年轻的卑南人冲到华西街，带着短刀杀进去救人，对方当然也会拿武士刀反抗。我们能带走的小女孩终归是有限的，其他的还在里面继续遭受着折磨。

好在后来常常有刑警侦破这样的事情，他们把那些孩子带走，建立了一个叫作广慈博爱院的地方，让那些孩子可以在里面学习一技之长。我在那个时候认识了杨祖珺 [1]，李双泽是大她两三年的学长，李双泽走的时候，我们唱《美丽岛》《少年中国》来纪念他。

杨祖珺常常去广慈博爱院看望这些女孩子，而我常常带着人冲到黑店里去救她们出来。后来我们成立了"台湾原住民权利促

1　杨祖珺："台湾民歌运动"中的重要歌手和推动者，曾与胡德夫共同演唱李双泽作品《少年中国》和《美丽岛》，后投身于社会运动，淡出歌坛。

进会"，把解决雏妓和境外被扣渔民的事情当主要的工作。那时候的社会运动已经开始兴起，杨祖珺主要参与了关怀妇女部分的运动，她在荣兴花园为广慈博爱院举办募款演唱会的时候还邀请我去参加。后来我们一起参加了编辑作家联谊会，其中的妇女委员会做了彩虹计划，通过这样的计划教授给孩子们技艺，找来医生检查她们的身体，让她们能够就业、结婚。

那时候我们对这个病态的社会现象开始有了严厉的抵抗，我们不是黑道上的人，却想要以暴制暴地解救那些小孩子出来，莫那能的妹妹就是这样被我们救出来的。

莫那能是一位原住民诗人，他以前做童工出身，是在卡车上捆东西的捆工，由于营养不良而导致视觉慢慢变差，最后眼睛不幸地失明了。后来 王津平教授介绍陈映真做了莫那能的老师，陈映真常读诗歌给他听，而莫那能讲起话来也很有诗意。

有一次，王津平教授带他来和我认识，那时候他的眼睛已经失明，我很惊讶地发现他是排湾人，而且他的爸爸和我妈妈认识。王津平教授告诉我莫那能有个妹妹被拐到了台湾的黑市，于是我马上让朋友去打听，在得到他妹妹的下落后，我找到之前和我一起到华西街救人的朋友，让他们到台南去，尽量把莫那能[1]的妹妹安全带出来。这些年轻人到台南的黑市经过一番格斗，把他的妹妹带回了台北，送到我在花园新城的家里。

如果是警察侦破了这样的事情，通常要把莫那能的妹妹送到广慈博爱院去，但是被送到那里的女孩子当中还会有一部分人再次被辗转拐到黑市。我们把他的妹妹保护在家里，找来医生给她检查身体，询问她下一步的打算，想帮她找一份事情来做。

最终莫那能的妹妹去了台中的一家鞋厂工作，鞋厂里很多工人都是从台湾东部来的排湾族年轻人，和大家工作在一起，能够有人照应，也不会再发生被拐骗的事情了。从那以后，他的妹妹再没有提起过被拐到台南的那段经历，那真的太痛苦了。

后来我听说她和鞋厂里面一个排湾族的领班结婚了，而且生了孩子。这时我才真正感觉到，她终于回来做大武山美丽的妈妈了，我的歌到这里也才真正地完整起来。

1　莫那能：台湾排湾族诗人，1984 年与胡德夫等人成立"台湾原住民权利促进会"。1989 年，莫那能出版第一本台湾原住民汉语现代诗诗集《美丽的稻穗》。2010 年加入中国作家协会。

原住民诗人莫那能，由于营养不良，不幸地失明了。

大武山美丽的妈妈

词：胡德夫
曲：原住民传统音乐

哎呀　山谷的声音是那么的美丽

哎呀　唱呀大声地唱　山谷里的声音

你是带不走的声音　是山谷里的声音

现在已经要回来　为了山谷里的大合唱

我一定会大声地唱歌 牵着你的手

naluwan na iyanaya hoiya ho haiyan

哎呀　山谷里的姑娘是那么的美丽

哎呀　跳呀高兴地唱　山谷里的姑娘

你是带不走的姑娘　是山谷里的小姑娘

我们现在已经都回来 为了山谷里的大合唱

我一定会高兴地跳舞 牵着你的手

naluwan na iyanaya hoiya ho hai yan

哎呀 大武山 是美丽的妈妈

流呀 流着呀 滋润我的甘泉

你使我的声音更美 心里更恬静

我们现在已经在一起 为了山谷里的大合唱

我会走进这片山下 再也不走了

naluwan na iyanaya hoiya ho hai yan

哎呀 大武山 是美丽的妈妈

流呀 流传着 古老的传说

你使我的眼睛更亮 心里更勇敢

我们现在已经都回来 为了山谷里的大合唱

我会回到这片山下 再也不走了

我会走进这片山林 再也不走了

naluwan na iyanaya hoiya ho hai yan

哎呀 太平洋 也是美丽的妈妈

Ara Kimbo ▷

为什么

在我控诉为什么的时候，其实自己的苦难也跟着到来了，这是必须去承担的事情。投射什么东西出去，自然也会相应地反射回来，那本来就是我人生的大部分的样子，直到我又回来唱他们所谓的歌。

▶▷

Ara Kimbo ▷

1983 年，我在编辑作家联谊会的时候，整个编联会里面只有我自己是原住民，而其下属的少数民族委员会里面也只有我自己在工作，那时候我简直是"校长"兼"敲钟人"，也就是兼打杂的。所以当我想了解同胞的事情，或者他们有事情发生的时候，也就只有我一个人在奔波忙碌。

两个月以后，一个曾就读于世界新闻专科学校的学生童春庆，在他当兵退伍回来的那天打电话给我，问我能不能到我这边来工作。我当然愿意，总算有第二个人来工作了。在他读书的时候，我便与他有过交往，他知道我在编辑作家联谊会为自己的同胞发出一点声音，因此想与我一起做这些事情。后来他改名为丹耐夫·正若，做过原住民电视台的副台长。

在他来了以后，我负责跟联谊会这边其他委员会联系，也负责联谊会所组织的各种大型活动，原住民的这部分工作则交给他去规划。而在这之外，我们面临的另一个事情就是找到第三个加入我们的人。台北县是原住民居住人数最多的地方，在我们去造访那里的时候，阿美族或其他比较热心的人都会帮我们做计划，带着我们寻找我们所需要的人。直到遇见一个由台东的朋友介绍过来的年轻人 David（黄文忠），这才算是找到了第三个愿意与我们一起工作的伙伴。

他常常带我们去阿美族朋友不同的工作场所和他们居住的地方，比如新庄附近的砖窑，远洋出海的八尺门，猴硐的建基煤矿和海山煤矿，还有翡翠水库，在这些地方工作的人们大多都是原住民。我们最初的工作就在这些地方开展起来，正因为看到了这样的工地与工人，我们才对原住民的社会问题有了具体的了解。

我们在社会运动所中常会提到劳工问题，而劳工问题当中的原住民劳工问题是大家比较不了解的。于是我们提出了一些看法，寻找了一些调查资料，也请研究院给我们一些对劳工问题田野调查的资料，慢慢也就对这些问题有了初步的了解。而我的那位朋友黄文忠，他虽然不是矿工，但他就居住在海山煤矿附近的永宁巷。他的老家在台东，自然与那些原住民矿工比较熟悉。他常常带我到永宁巷，在我们工作完了以后，朋友会到他的家里聚聚，那些在理发店、煤矿工作的朋友与我们坐在一起，大家就像一家人一样。但谁

照片／胡德夫提供

1983年，这是我和编联会的朋友们在一起相聚的日子。

也没想到的是，因为一件事情的发生，他们当中的一些人从此与我们阴阳两隔。而他们在工地的居住条件、收入水平及被社会所对待的状况等问题，也全部浮到了台面上来。

1984 夏天，海山煤矿爆炸了，罹难的同胞几乎都是原住民，而且几乎都是阿美族。爆炸以后，那些矿工的家属忧心如焚，不知道矿井里面的情况如何。住在永宁巷的黄文忠第一时间打电话给我，我马上跑到他那边去等消息。我们联系了台大社会系教授张晓春，此前他一直在关怀原住民劳工及一般劳工等社会问题，那天他带着自己社会系的学生也赶到了现场。由于我们没有专业装备，不能到达事故煤矿的最里面，只能在里面五六十米的地方等遇难同胞的尸体上来。一具一具焦黑的尸体被运上来，瓦斯气充满了他们的身体，肚子胀得非常厉害。我们把那些遇难同胞的尸体运送上来，家属哭成一团。

我们分成了两个工作组，一组留在那边等尸体，我跟黄文忠这一组赶快护送尸体到殡仪馆进行整理。殡仪馆里的尸体非常多，八九十具的样子，这些罹难同胞的尸体被带到殡仪馆清洗的时候居然被人直接用水去冲，跟我们洗车没什么两样，我终于忍不住怒火与殡仪馆的馆长吵了起来。怎么可以这样对待他们？难道就因为他们是原住民劳工？我不是第一次来殡仪馆，我从没有看过殡仪馆是这样清洗尸体的。我要求他们不要这样清洗遇难同胞的尸体，我要他们尊重这些遇难的同胞。

那一天的工作让大家感到非常辛苦，到了夜晚，我们拖着疲惫的身子各自回家。回家以后，我的太太煮了饭给我吃，我打开电视机，里面全是关于这件事情的报道，不断播放着还有多少遇难同胞的尸体没有找到，殡仪馆对尸体进行整理这样的消息。这时候白天那些遇难同胞家属哭泣的画面又在我的脑中浮现出来，我没有办法安心吃饭，便让太太拿录音机过来，想录下这首在心中酝酿已久的歌。那个时候我一直在搞原住民的社会运动，想唱些什么其实心里面早就有谱了，在这样悲痛的冲击下，之前的一些感觉立刻汇聚起来，充满了我的脑子，我知道我在这第一时间即兴地能够唱出那种感觉。

我太太是学音乐的，她是很有名的大提琴手。她把录音机打开，放在床沿上，我并没有写下歌词，而是直接唱出了这首《为什么》。

阿美人在海边唱歌的时候，最高的音调都是他们在唱，而在社会的最底层，最深的地下却是他们在挖矿，最远的远洋也是他们在出海。想到我们共同的命运，我不禁想问一句为什么，为什么那么多的人，其实也包括了我，离开碧绿的田园，飘荡在都市的边缘？为什么那么多的人爬在最高的鹰架，打造出都市的金碧辉煌？他们所打造的大型建筑物或是大型桥梁，每次落成的时候都要燃放烟火来庆祝，但那烟火掉下来的地方却是这些同胞所居住的角落里的工地厂房。繁荣啊，那个时候台湾真的很繁荣，我们那个时候的年轻人一个月赚上两三万新台币是很容易的事，现在却倒退了。但繁荣啊繁荣，你为什么遗忘了？

这些原住民同胞对台湾发展所做出的贡献被大家漠视，大家觉得原住民劳工是"莫虾米"（闽南语，意为"没什么"），其实在社会的各个方面，包括能源、海资源、森林资源甚至十大建设，他们的功劳是非常大的。

我在家里这样唱出来，唱完以后我发现太太在哭，而我也已经泣不成声了。这一刹那我觉得我们之前的努力都还不够，为同胞写歌当然是我该做的事，但是我觉得假如能够为他们受苦的话，那才是我的愿景。所以我要求编辑作家联谊会各个委员一起来开会，要针对原住民罹难的家属做些事情。

我们这个组织的经济本来是很拮据的，很难募到款，商人通常不会帮助我们。但拮据有拮据的办法，我提议在当时的新公园，也就是后来的二二八公园那里，为罹难同胞及家属露天举办一个"为山地而歌"的纪念会和募款活动。那个时候海山煤矿发放的抚恤会根本不够用，我们也听到一些消息，事故发生以后，这些矿工家里一下子连购买油盐酱醋、孩子读书都有了问题。

由于募款大会是为罹难同胞及其家属举办，虽然这样的活动在当时的台湾社会并不合法，但治安单位并不会驱散我们。我当时在社会上发了一个邀请函，我们这里没有音乐家的表演，全部都是来自在都市漂泊的原住民的孩子们想为同胞唱歌，唱出他们互相激励的歌请大家来听。

那次的演唱会，我请了阿美族的北原山猫陈明仁来唱，我在当时还只认识他们。有两位泰雅族的学生也过来唱，我自己当然也要唱。其实那些节目非常贫乏，而且大家唱得并不是很好，更没有想表现乐器与唱功，只是觉得我们心里面有很多的话想说，要趁有很多媒体在的机会讲述心里的话，所以从我开始，每一个唱歌的人在演唱以前都有一段演讲。我从核能废料问题一直讲到土地问题、历史问题，后面的人也一个接一个地说，其他民族的人也都讲了各自的困难。

我告诉大家自己写了一首歌纪念罹难的同胞，尤其要纪念这次海山煤矿遇难的兄弟们，然后将这首《为什么》唱了出来。这首歌在当天是有录音的，但我唱到一半就唱不下去了。这首歌本来有两段歌词，我只唱了前面的一段，后面的一段我实在没有办

爲山地而歌

胡德夫與山地青年

現場錄音帶 2卷 **180**元
郵撥：732794 吳乃仁帳戶代匯

山地的社會，除了老人家就是小孩子，正陷在世紀性變遷的困境。

都市山胞，沒有像樣的居所及享受，却要爬在鷹架的最高頂蓋房子，在陰暗的房間出賣自己的身體供人享用，出海頂浪捉魚給都市人吃。在絕望時，只能低哼故鄉的歌曲解憂。

六月二十四日，我們除了要歌唱祖先們的歌，表示無限感念他們的偉大外，並將唱些屬於離鄉背井、描述生活困境的歌。

這裡沒有所謂的藝術"水準"或"技巧"。你甚至會認爲"中文"應該不是那樣地被使用。可是，却是他們無以比擬的真情流露與孤寂的抒發。

朋友，來吧！來聽這美麗島上雄壯、優美的原音！來聽這數百年來原住民的願望、悲憶與控訴！

照片／胡德夫提供

我提议在二二八公园为罹难同胞及家属露天举办一个
"为山地而歌"的纪念会和募款活动，
用唱歌的方式唱出相互激励的勇气，唱出心里话。

法唱出来，几乎是用说的方式，透过眼泪讲出来的。在舞台的后面，写着这次活动的主题——为山地而歌，这是我真正地为原住民同胞所唱的第一首歌。

那天我在台上的时候，看到台下有几个和我年纪差不多的人，看到他们的脸色我便知道那一定是情报单位派来的便衣，而且派来的全都是原住民。看得出来，许多情报人员都在里面，但也看到一个我们村庄的人在其中。开始我以为那人是来给我们捧场的，但后来与他聊天，他才对我说："大哥，我们是来搜证的。"我只好让他们请便，但当我在唱歌的时候，在讲自己同胞处境的时候，我发现他们每一个人都在偷偷地抹眼泪。

找到那扇门，走进那扇门，找到自己的田地，走进自己的田地，这在我的歌里面占据了很重要的分量。这扇门是很深沉的。

我在当时被禁止出台，但有很多留美的学者听到了我们的声音，回台的时候几乎都来捐钱。后来我们成立了"原住民权利促进会"，我决定在当年的十二月底离开编辑作家联谊会，因为我们在那里同样被边缘化，所有的委员会做预算的时候，却发现我们几乎只能靠我太太录音和我帮人家带班唱歌的钱来维持。

1982年，我和杨祖珺开始关注雏妓这个社会问题，也唱了一些歌，这对社会来说无疑是件好事，但被一些政客认为我们是在搞政治，搞阴谋。因此蒋孝武禁止我的声音出现在广播里面，也禁止我登台演出。我从台湾演出价钱最高的歌手一下子变得没有人敢邀请我。我和所有的朋友断绝了来往，尤其是经商的朋友们。从活动的开始，我的朋友们就偷偷捐款进来，但都不敢说是什么公司在捐款。我全部的电话都被监听起来，像台湾地区美国运通公司的严长寿，来来百货、中兴百货董事长蔡辰洋，这么好的兄弟，他们很有钱，也想帮助我，但我连他们的电话都不会接，我怕他们因此而被查税遭到牵连。在编联会里面有很多机构就是这样子被关掉的，一旦被查起税来，生意根本没法做下去。后来连我妈妈也开始被约谈，家里其他人也受到了一些牵连。

我决心这样去做，苦就苦下去好了，更何况与那些真正受苦的同胞比起来，我们这又算什么苦呢？那些原住民同胞从家乡出来，最后却因意外从高空坠下，或在出海时沉没于海底，或不幸地被瓦斯灌进去。比起他们来，我还读过一点书，不做这些事情做什么呢？

也许我轻轻转过头，一样可以回到一个小时两万五千台币的舞台上面去，一样可以过比较好的生活。就像 Bob Dylan 讲的：假装没有听到那些哭声，假装他们没有死。但这样下去，还会有多少同胞就这样死去呢？

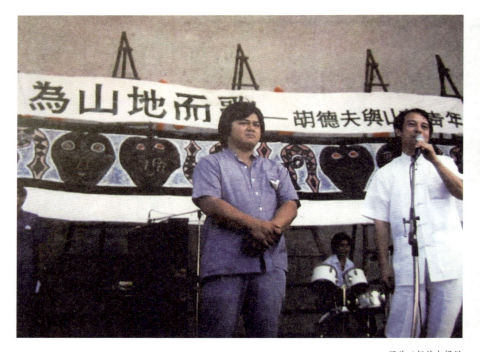

照片／胡德夫提供

在舞台的后面，
写着这次活动的主题——为山地而歌，
这是我真正地为原住民同胞所唱的第一首歌。

在我控诉为什么的时候，其实自己的苦难也跟着到来了，这是必须去承担的事情。投射什么东西出去，自然也会相应地反射回来，那本来就是我的人生，大部分是这样子，直到我又回来唱他们所谓的歌。

其实我一直都在歌唱，但多数人却不知道，他们以为我不会歌唱了，以为我离开了舞台，以为做了逃兵逃掉了。如果我一直留下，永远也学不会《为什么》里面所讲的东西，自己也不可能真正地从心里面觉醒过来，只不过会另外变成在政治方面比较有名的人。

但，那又有什么用呢？

为什么

词曲：胡德夫

为什么　这么多的人
离开碧绿的田园 飘荡在无际的海洋

为什么　这么多的人
离开碧绿的田园 走在最高的鹰架

繁荣　啊　繁荣
为什么遗忘 灿烂的烟火
点点落成了角落里的我们

为什么　这么多的人
涌进昏暗的矿坑 呼吸着汗水和污气

为什么　这么多的人
涌进昏暗的矿坑 呼吸着汗水和污气

轰然的巨响　堵住了所有的路
汹涌的瓦斯 充满了整个阿美族的胸膛
为什么啊　为什么　走不回自己踏出的路
找不到留在家乡的门

为什么　这么多的人
离开碧绿的田园 飘荡在都市的边缘

为什么　这么多的人
涌进昏暗的矿坑 呼吸着汗水和污气

轰然的巨响　堵住了所有的路
汹涌的瓦斯 充满了整个阿美族的胸膛
为什么啊　为什么　走不回自己踏出的路
找不到留在家乡的门

Ara Kimbo ▷

飞鱼 云豹 台北盆地 ▶▷

现在这个音乐工团已经不存在了，但我们一起为灾区同胞服务，以及那十年间为争取原住民权利的奔波岁月是我所不能忘记的。我要把《飞鱼 云豹 台北盆地》唱下去，向曾经的年代与往事做以敬礼。

Ara Kimbo ▷

在我所有的歌里面，《飞鱼、云豹、北盆地》是创作过程最为漫长的一首歌，足足用了十年的时间才把它完成。

1984 年"台湾原住民权利促进会"成立的时候，夏曼·蓝波安[1]参加了我们这个组织，他当时还在淡江文理学院读四年级，这是我最早认识的从兰屿来到台北的达悟族青年。我们常常谈起他们的家乡兰屿，才知道整个台湾的核能废料都被放在那里。当局使用了欺骗的手段，说是要盖渔港、盖罐头食品工厂来增加兰屿的渔业收入与工作机会，但后来发现那根本就是储放核能废料的地方。

当时的兰屿没有电，享受不到任何电力带来的便利，但是当

1　夏曼·蓝波安：台湾兰屿的达悟族作家。作品《黑色的翅膀》曾获吴浊流文学奖。

夏曼·蓝波安， 当时达悟族受教育最高的知识分子，
回到兰屿，团结起同胞，向社会发出了属于自己的声音。

局居然把照亮整个台湾的核能废料放在这样小的达悟族同胞的故乡，这可真是一种讽刺。我们常常讨论起这件事，也不断地通过各种活动去揭露当局欺瞒达悟族同胞的事实。更重要的是达悟族同胞用他们的团结和决心、一致来表现他们对这件事情的看法与愤怒。

1985 年，夏曼·蓝波安从大学毕业，成了达悟族里面受教育程度最高的知识分子，我逼着他回到兰屿和那里的同胞一起参与反核能废料的运动，但彼时的他正忙着开计程车赚钱，不大愿意再回到那个连电都没有的家乡。无奈之下，我让他留在台北，自己离开台北到兰屿去。听我这样一说，他彻夜失眠，最终决定回到兰屿。在回到兰屿之后，他终于团结起同胞，向社会发出了属于自己的声音。已是花莲玉山神学院二年级学生的郭健平也利用暑假、寒假回到家乡，参与这样的工作。在此同时，台湾大学的张国龙教授也呼吁自己的学生去支援兰屿反核能废料的运动。

兰屿是台湾东部的一个离岛，生活在那里的人们以芋头为主食，主要的菜品是海中的飞鱼。他们将晒成一夜干或二夜干的飞鱼佐菜搭配芋头一起吃，作为他们的主要食物。兰屿每年有飞鱼祭的祭典活动，飞鱼祭的时候人们把兰屿的太阳船划出海去，在船上点起灯，飞鱼就会扑向他们的船，直接跳到船上去，那样的场面非常震撼。

正是在那一年，我有感而发写下了《飞鱼》这首歌，向生活在兰屿的达悟族同胞做自己的敬礼。兰屿的同胞把印有骷髅图案的桶装核能废料称为恶灵，我真的想变成飞鱼当中的一只，与所有的飞鱼一起游向恶灵登陆的沙滩，让它们搁浅而不能上岸。

这首歌写好以后，我把歌唱给兰屿的同胞听，也唱给他们的孩子听，希望今后不要再有同样的事情发生。但五年以后，类似这样的事情却依然在继续着。

台湾当局要在客家人生活的地方美浓兴建一个水库，而经历过修建石门水库的经验后，人们发现自然环境被破坏得非常严重，而且当局也没有处理好原住民的移居问题，并没有把他们迁移到适合居住的地方，而是在桃园龙潭那里给他们安排住处，当人们到了那里之后才发现，周围全部都是被铬污染了的水和稻田。

石门水库附近地方的水源在以前是很丰沛的，建了水库以后泥沙开始淤积下来，但那里仍然是一个重要的游客进行水面观光的所在。住在那边的原住民通过观光而赚取的收益被平地垄断掉，完全没有了保障，他们原本以这微薄的收入为生，但在大量的泥沙淤积之后，这里出现了更大的问题，附近的环境改变了，人文与自然的东西遭到了破坏，使这些原住民的生活更加艰难。

正在晾晒的飞鱼，
是生活在兰屿的人们的主要食物。

客家人对石门水库的事情也是了解的，因此他们知道新的水库如果修建在美浓，对自己来说一定是一场灾难，于是他们起来反抗，不愿让这样的事情发生在自己的家乡。在反抗了一年多以后，台湾当局把这修建水库的计划移到了屏东中央山脉下面的玛家乡，想修建玛家水库。我们听到这个消息以后非常紧张，集结了报社很多的记者去跟当时的社长反映问题。后来我们索性住进了玛家乡妈茶村，在预定动工的地方把他们挡在外面，大量的媒体赶来报道了那里同胞的心情，这就是所谓的"反玛家水库"事件。

玛家乡是台湾中央山脉最南端的地方，修建玛家水库的事情让我想到以前发生在其他地区同胞身上的类似的事，为什么这样的伤害总是发生在我们身上？我依然想向这些同胞致敬，于是在创作《飞鱼》五年之后，我写下了《云豹》，曲调格式都和当年的那首《飞鱼》如出一辙。

云豹是已在台湾绝迹的一种猛兽，据说它们非常凶猛，以前常在中央山脉出没。过去台湾的北边有熊，南边则有云豹。鲁凯族族人常常讲云豹的故乡就在大武山，而排湾人说豹是看守他们千年古塚的动物。传说中的云豹神出鬼没，仿佛它的脚印从来没有踏足过这片土地，现如今台湾的云豹已经绝迹了，但在中南半岛上面还有它们的身影。

　　基于这样的联想，我写下了《云豹》这样的一首歌。假如我们就是云豹的话，那片森林本来就是我们的地方，我们的祖先躺在那里，但是我们屈服了，被迁下了山，可我们仍然想陪伴着我们的祖先。我想变成云豹，去追逐戏耍赶走我们的人，我希望太阳透过云霄、密林照耀进来，让我们获得力量的复苏，温暖着我的兄弟们。

　　我们做了十年的社会运动，很多东西得到了改善，我们所追求的正义也迟迟来到，平地的朋友们开始对我们有了更深入的了解。其实不只有原住民的学生、青年或是研究人员在这十年的运动当中凭自己的力量去争取权益，我们许多的汉族朋友也站在我们这边，在我们需要有更多人来的时候他们就会出现，与我们走在一起，和我们一同呐喊。我们并不知道他们的名字，他们就像没有翅膀的天使，来的时候帮我们做很多的事情，事情做完又消失得无影无踪。以前我们常常遇到这样的情形，对我们来说，那真的是一种同胞手足的感情。这些人是要被我们纪念的，所以我接下来又创作了一首歌——《台北盆地》，来纪念这些在风雨中与我们一同前进的朋友们。

　　在这十年的社会运动过程当中，我们与这些朋友不分种族、不分党派地走在一起，这是一种兄弟之间的诺言。我们有说有笑，也有苦有乐，但想起那段日子，心里总是暖暖的，就像复燃的一盆火一样。我们那时候常在凯达格兰大道附近的大街小巷走来走去，凯达格兰是台北市以前的名字，也是凯达格兰族的故乡。我希望这盆火能够照亮美丽古老的凯达格兰，也照亮我们的山谷。

将这首歌创作完成以后，我将三首歌合在一起，最终成了《飞鱼 云豹 台北盆地》，这首歌我用了十年的时间来创作，是我创作时间最为漫长的一首歌。在这首歌诞生之后，1997 年，我与林广财、陈主惠成立了一个音乐工团，以这首歌的名字将它命名为飞鱼云豹音乐工团。

那个时候我住在高雄，附近有许多原住民的部落，我们成立这样一个音乐工团，希望在以后的几年当中能够经常到中央山脉附近去，挑选出一些很会唱歌的年轻人来跟他们一起唱歌，以此作为我们的工作。

我们之所以把音乐工团取名为飞鱼云豹，一方面是因为我想到自己写的《飞鱼 云豹 台北盆地》，这样就涵盖了所有我们的同胞和爱我们的朋友；另一方面，陈主惠的名字是 Fey，也就是飞鱼的飞字的谐音，而我的名字叫 Kimbo，当时也有人叫我 Imbo，谐音也就是云豹，所以这也暗喻着我们两个这样共同的想法。

　　在音乐工团成立的一年以后，台湾9·21地震发生了。地震发生的时候，南投的埔里一直到仁爱乡这些地方，救灾的队伍很快进入了那里。但是中原、清流始终没有任何消息，救灾的队伍也无法到达。我找来了我们"台湾原住民权利促进会"的会员云力思[1]，她是泰雅族人，泰雅族的发祥地刚好就在那附近一个叫作瑞源的地方，我问她救灾队有没有到达那里，她告诉我那里还好，但是清流和中原部落是进不去的，还不知道那里族人的下落。于是我和云力思又集合林广财、陈主惠，还有几个《夏潮》的朋友，组成了一个十一人的救援团队，用我们走山路的经验，想办法徒步进去。

　　清流这个地方其实是在三条溪涧中冲刷出来的一个岛，以前日本人叫它川中岛。距离那里七十公里以外的地方，就是雾社事件中莫那·鲁道的故乡（电影《赛德克·巴莱》的故事发生地），也是埋葬莫那·鲁道的地方。当年的雾社事件以后，战士们自杀的自杀、被杀的被杀，剩下的这些赛德克族同胞被日本人报复性地对待，把他们集中到70公里以外的这个岛上关起来，那里就

1　云力思：台湾泰雅族女歌手，擅长采集和演唱泰雅族古调。2009年曾获华语音乐传媒大奖的最佳民族音乐艺人奖。

同是原住民歌手的林广财，
也是飞鱼云豹音乐工团的成员之一。

像一个恶魔岛一样。日本战败以后，那些被囚禁在岛上的赛德克族人慢慢来到河岸附近垦荒，一代一代的人就这样生存下去。那个地方后来被叫作清流，但其实那些赛德克族同胞差一点就成为川中岛难民了。

我们还算幸运，只用了三天时间便到达了清流部落，但生活在清流的同胞已经没有食物和水了，他们要到很远的地方挑水，采野菜，要靠剩下的猎枪打野兽。而在外面的一些"明星灾区"里，有的人已经用矿泉水在洗澡洗头了，一切的物资都集中到了那些"明星灾区"，而清流里面的人却享受不到这些。于是我们赶快工作起来，联系上了外面的救灾指挥中心，告知他们清流的情况，也会帮助清流的同胞管理好物资，判定他们的房子是全倒还是半倒而后向救灾中心汇报，同时还要照顾一些伤员。当时附近还有一些余震，我们常常要检查那里的地质是不是可靠。

在工作之余，大家会聚在一起整理一些自己民族的歌唱给大家听，我也会整理一些歌出来。有的时候北原山猫的陈明仁也会过来，大家聚在一起互相学习各自的歌。云力思年轻的时候是五花瓣乐团的贝斯手，我很早便知道她会唱歌，她也因为通过原住民的社会运动学习了一些原住民的语言和故事，回来以后讲给小孩子们听。

凯达格兰是台北市以前的名字，
也是凯达格兰族的故乡。
我希望这盆火能够照亮美丽古老的凯达格兰，
也照亮我们的山谷。

那些日子我们做任何事情都要跑到七十公里以外的雾社乡公所去，这些繁缛的工作让我们疲惫不堪。大家那个时候都处于不知道地震还会不会再来的状态，每天都有许多妇女站在自己的部落里面看着上面的悬崖和高山，怕有落石掉下来。有时候她们在煮饭、炒菜，炒到一半就不得不丢了铲子跑掉，那一定是山上的石头又有了松动，常会有巨大的石块掉落下来，这种情况我们一定要马上告知危机。在这种情况下，为了让大家的心情能够得到缓解与放松，我们觉得有必要再为他们做些事情。我们这些人还会唱一点歌，我还会弹琴，索性就把器材弄了过来，晚上练习，准备一村一村去安慰大家。

后来我们这个音乐工团变成了部落工作队，也履行了我们想为大家唱歌的计划。我们一村一村地去拜访，村里的年轻人和老人家唱歌给我们听，我们也回唱给他们听，希望通过这样的音乐分享让人们暂时忘记苦难。

那里的灾区是泰雅族聚居的地方，我们把一些片断的原住民音乐元素集中起来，包括泰雅族祖训的歌，由我编曲以后，让云力思唱给当地的同胞听，让大家通过音乐团聚在一起。晚上的时候我们才叫作飞鱼云豹音乐工团，而白天我们工作的时候就叫部落工作队，这看似两种不同的身份，其实都是我们这些同样的人在做。

那年冬天，我们把所唱的歌录成 CD，在台北市一面讲灾区里面的状况给大家听，一面义卖这些 CD 来帮助灾区里面的灾民。后来大陆工程董事长、台湾高铁前董事长殷琪看到了我们这样的举动，出钱在音乐厅外面的广场举办了为灾区募款的音乐会，我们把很多灾区里面的手工编织品拿过去义卖，也在广场上进行一些演唱，帮助灾区的同胞慢慢地重建起家园。

天下没有不散的筵席，飞鱼云豹音乐工团在后来逐渐松散与瓦解，大家开始各忙各的，一个个都成了大明星。现在这个音乐工团已经不存在了，但我们一起为灾区同胞服务，以及那十年间为争取原住民权利的奔波岁月是我所不能忘记的。我要把《飞鱼 云豹 台北盆地》唱下去，向曾经的年代与往事做以敬礼。

飞鱼 云豹 台北盆地

词曲：胡德夫

[飞鱼篇]

今夜我要走进这片海岸

去聆听各种不同的声浪

今夜我要走进这片海洋

让海风用力地吹动我

如果爱这片海有罪

我情愿变成那飞鱼

泳向恶灵登陆的沙滩 搁浅

我的心像太平洋的宁静

徜徉在美丽的海床上

我的心像太平洋的宁静

荡沉在古老的传说里

[云豹篇]

今夜我要走进这片山林

去搜索我失去的版图

今夜我要走进这片山脉

走进美丽曲折的古老的山国里

如果爱这片山有罪

我情愿变成那云豹

追逐这山林里的邪神们 戏耍

我的心向往着明日的太阳

透过密林照耀每条溪流

我的心向往着明日的太阳

透过云海温暖每对手足

[台北盆地篇]

今夜我要走进这块盆地　　　　　我的心　像复燃的一盆火

去履行那久远的诺言　　　　　　陪我走进美丽曲折的凯达格兰

今夜我要走进这块盆地　　　　　我的心　像复燃的一盆火

去探望答应相爱的人们　　　　　走进美丽曲折　古老的山国里

如果爱这片地有罪

就让我们 hand-in-hand 前进　　　陪我走进美丽　曲折的山路

但求还能够爱的时候　去爱　　　走进美丽曲折　古老的山国里

我的心　像复燃的一盆火

冉冉升起　在凯达格兰的一盆火

Ara Kimbo ▷

太平洋的风

我出生的时候一定是穿着披风来的，那件披风就是太平洋的风。我呱呱坠地的时候披着它，这是我最早的一件衣裳。

▶ ▷

1998 年我回到了台东，那个时候我的身体很不舒服，还要拄一根拐杖。我对妈妈说想去看我出生的地方，便离开她跑到了海边，租了间屋子住下来，500 台币一个月。我从家里走路过去，走到七八十公里外台东的东北角，那个叫作新港（Shin-ku）的地方。妈妈说我在那里出生的时候，祖父赶来为我接生，为我剪下脐带，抱着我去太平洋的海边洗澡，并以 Shin-ku 作为我的乳名。

我们卑南族的家姓叫作 Makakaruwan，寓意家里人丁最多，人口最多，而我卑南族的名字叫作 Tuko，那也是我名字"德夫"的由来，但我拒绝直接用这两个字来称呼自己，因为那很像日本人的名字。我在排湾族的名字叫作 Ara，至于别人更为熟悉的名字 Kimbo，那是我给自己取的艺名。

听妈妈说，祖父老了以后走起路来驼着背，祖母的个子很高，他们常常在种满槟榔树的院子里吃饭、喝酒。祖父常会朝着东北方向他帮我接生的地方问祖母，不知道我们的 Shin-ku 现在好不好。每当太平洋的风吹来，他就会想到出生在海边的我，而我的心里也时常会想念着他。

其实我与祖辈老人相处的时间蛮少的，以前没有公路的时候，祖父每次要走上三天路才能到我们这里，即便通了公路，也要坐三个小时车才能到。他来山谷看我的时候，常把我抱在腿上唱古谣给我听。他每次唱的内容都不一样，虽然曲调相同，但歌词都是他当时的内心所想。小的时候我听不懂这些，通过妈妈的描述才了解祖父所唱的意义：我的孩子，你要知道我唱的这首歌是祖先留传下来的千年古谣，我现在把它唱给你听。我的孩子，你知道我虽然在很远的地方，但我希望每次都能像今天一样，让我的脚步走到你身旁，那是我最大的喜悦。这首歌你以后不要忘记，以后你也会把它唱起，它让我们会聚在一起，让我们更加勇壮。每次祖父离开以前还会唱这样的歌：我们相聚在一起，也有时候要分离，不在一起的时候我们各自来唱这首歌，就会觉得我们都是在一起的。

我的外祖父是排湾族一个很大的部落的首领，他的远祖从屏东来义乡古楼部落迁徙过来，十三个兄弟中有一个人留在屏东做了那边最大的首领，其余十二个兄弟全部来到东部，在台东各个地方建立起部落。所以现在我去靠近大武一带的部落，发现那边部落的大首领都是我外甥辈或孙辈的人。

排湾族是一个贵族形式的社会，首领是世袭的。所以在排湾族，普通人只能使用自己原有的名字，有的人想提高身份，就会故意用首领惯用的那几个名字来显示自己和部落的首领有关系，但那是犯忌讳的事情。穿着方面也是如此，有些首饰普通人不能戴，只有首领和他的家里人能戴。诗歌也是一样，普通人并没有很多诗歌可以唱，重要的祭典等活动上唱到的一些歌，都是由首领家里的歌匠所创造出来的，或是远古的歌被他们保留下来，再从首领家唱出去。

排湾族大首领的下面会有一个巫师，一个猎人，这都是部落里很重要的职位。巫师和部落的文化有关，而猎人被包含在战斗群队。部落里面不管谁打到猎物，或者隔壁的首领猎到东西而礼尚往来，本部落的首领都会得到一份。假如猎到山猪的话，首领起码就会分到一只较大的，这是首领的红利，他们从未为吃穿发愁过。

排湾族和英国皇家的继承制度很像，不是只有男人才能做统领。如果首领的孩子里面年纪最长的是女儿的话，她也可以做女首领。阿美族在这方面却不太一样，他们喜欢聚会，首领也是大家推选出来的，而泰雅族和赛德克族等北部族群通常采用勇者领导的制度。

照片／郭树楷摄影

美丽的台东海岸，
每当天平洋的风吹来，
祖父都会想起在海边出生的我，
而我也会时常想念他。

很多其他族群的人看到排湾人结婚、丰收等仪式上的穿着，立刻就能分辨出哪个人是首领。因为在那些仪式上，没有穿传统礼服的人是不可以随便上去唱歌跳舞的。排湾族唱歌的形式和打鼓的场面，很多人看后都会被惊呆。但其他族群也都有各自的特点，泰雅族的歌以简单美丽著称，他们的衣服也简单而美丽，上面的刺绣做得精致且讲究，很有自己的特色。

2011 年我去美国 Nashville 的时候，曾把这些家族的故事讲给那边的朋友听，他们感叹于这样的千年古谣，要和我一起在录音室里面把这首歌录下来。我完全按照祖父那般唱出来，他们说这就是蓝调，我则回答他们，这是我们原住民族最远古的蓝调音乐，比美国的蓝调更加深远。

我把那首歌带回台湾，在录音室里给张惠妹听，她听得落了眼泪，说也想唱这样的卑南族歌，这才是属于自己的歌。我说现在学还来得及，并麻烦她帮忙为我写的 Power in me 和声。那次她的和声真好，把很多原住民的音乐元素融入和声里面，以前很少见她这样做。她以前的歌里面对这种原住民的音乐元素只有一些轻描淡写的带入，但是那一次为 Power in me 和声时她尽量去发挥，用自己的咏叹唱出来，这让我非常感动。

我们的民族里类似这样远古的歌非常多，也都非常美，我曾翻译过一首歌，名叫 Lai Su，寓意着生生不息的万物。它也是千年留传下来的歌，写得美极了，在如今的年代里唱起来感觉很现代，却又很古典。

我们是没有文字的民族，所有的文化都是口头传承下去，这首歌也是口头流传下来的，但依然那样美丽，那样纯粹。这种口头传承的文化非常真实，尤其在音乐这方面更加如此。文字本身是会造势的，所以历史写来写去有时候不一定就是正确的。而且文字也会因为一些事情被创造出来，比如在中国国界里面生活着和泰国同一民族的人，但我们总不能称呼他们是泰国人，那就把泰字再加一个人字边，变成了傣，这些人就被称作傣族。其实最初的字典里面是没有这个字的，这是一种隐意，但口头流传的东西会更加自然而真实一些。

我把 Lai Sue 与国语进行比较，汉唐时期的文化，诗词歌赋是留传下来的很精彩的东西，虽然我们的民族没有文字，我们的歌也只是口头上的传承，但绝不是说我们自己没有美的东西存在。Lai Sue 的歌词被我翻作国语即有这样的意思：那些我们曾经拥有过美好的事物，都已化为深山里永远常绿的叶子。

这样的一首千年的古谣，虽然只有这么短，但通过反复吟唱，就能体会到它远古的味道了。

照片／郭树楷摄影

在一次演出结束后，我为歌迷写下：
在太平洋的风中，携手前进！

我妈妈非常会讲故事，常常对我讲起外祖父对我的期望，讲祖先是怎样从屏东移居到大武山东麓，建立自己的部落，也会讲一些日据时期下槟榔那里的故事给我听。但讲的最多的，就是关于我出生的故事，而且提醒我长大以后要记得去看，去感受我出生的地方。她对我描述居住在那里的阿美族人，也告诉我他们为什么会生活在那里，当然也会讲到太平洋。她告诉我不要以为阿美族是外人，他们才是遵守我们祖训的人，我们是外来的。那里是我的出生地，也是我家一样的故乡，所以看到阿美族人要认为他们就像自己的家人一样。以前小时候她这样讲我没有什么感觉，直到我后来在淡江中学读书时碰到了阿美族的人，碰到了很多不同族群的人，我才越来越觉得妈妈讲的有道理。

新港那个地方，其实我已经没有什么印象了。我在三岁的时候离开那里，现在又重新回去，看一看自己出生的地方。海风吹来，我想是不是在我出生的时候也像现在这样子，从母亲的怀中落地，那太平洋的风也就吹在我身上了。

我在港口的海边走了很久，真的很过瘾。

这个港口是远古时候阿美族的渔猎场，新港是他们的出海基地。慢慢地，这里成了台湾地区渔会的地方，平地人来到这里打鱼，原住民去了远洋做渔夫。

我的乳名源自这个港口，我就是这个小港。这小港和很多台湾其他的小港一样，几百年来，从外面来的人们遇到台风，遇到各种无助的事情，借着太平洋的风再度扬起风帆，移到这片宁静的港湾，或者他们干脆登陆在台湾生活下去。基隆、花莲的港口大概也都是如此吧，我觉得应该唱出一首歌来赞颂太平洋。

我出生的时候一定是穿着披风来的，那件披风就是太平洋的风。我呱呱坠地的时候披着它，这是我最早的一件衣裳。我相信海是有声音的，那是对我最早的一片呼唤。在我出生的时候，当然不会记得这些事情，那也许都是我来到这世上以后最早的感觉。在我的想象当中，太平洋的风算是我的第一个故乡，而我最早的一点往事，就是等待着太平洋的风徐徐吹来。我赤身裸体来到这个世界，一无所有，它吹过我所有的全部，把我吹到陆地上，我的故乡。偌大的太平洋，婆娑无边，那是我最早的世界，那世界的感觉，想来是一种魔幻。它的风吹到山上去，吹进山谷，攀落滑动在我们祖先那千古的风台和平野。

台湾西南地区的恒春一带有一种很厉害的风，叫作"落山风"，也有从山上吹落的焚风，我觉得既然有吹落山的风，就一定有吹到山上的风，吹进美丽的山谷。后来我看到在山上工作的妈妈，在无风炎夏的日子里，拿着斗笠在扇风乘凉，但就算躲到树荫底下也没有风的到来。但当一阵风吹来的时候，那些务农的妇女，她们整个人都活跃起来，那一定就是太平洋的风吹进山谷了。

太平洋的风抚摩着我，就像母亲的感觉。她怀胎十月，我一觉醒来，那是最早的一份觉醒。那样的觉醒必然伴随着哭泣，但也会被那太平洋的风所安慰。我出生在这样的地方，才会在后来为那些同胞做一些事情，这是我在母亲腹中一觉醒来以后的又一次觉醒。当太平洋的风吹来的时候，它早已吹进了我生命的最深处。

台湾东部的远古民族，尤其是排湾族、阿美族，称谓里面没有叔叔、婶婶、伯母、阿姨这样的称呼，我们管爸爸那一辈的人全部叫爸爸，管妈妈那一辈的人全部叫妈妈，即使是祖父母那一辈的人也都如此称呼。对待别人家里长辈的敬意是与自家人等同的，他们全都是自己的父母兄弟。

在我们传统的部落里面不会有孤儿存在，如果有孩子没有了爸爸妈妈，整个部落的人都是他的家人。这个孩子的成长不会像在平地一样，不会被送到孤儿院，更不会被人带着去乞讨。不管是物质生活还是精神方面，他都会像其他人一样饱满、充足。就像我在歌里写的那样：吹动无数的孤儿船帆，领进了宁静的港湾。在太平洋的风下，所有人都同样自然尊贵，这风吹上绵延无穷的海岸，吹着所有的人，吹着地上的生命，吹着生命草原的歌。

照片／郭树楷摄影

站在太平洋的岸边，看着蔚蓝的海面，
太平洋的风吹来，仿佛自己面对的是整个世界。

　　生活在岛屿和生活在内陆相比，会有一种完全不同的心态感受。站在太平洋岸边，看着那片深蓝色的海，会无从想象地感觉，海的这边过去是日本，那边过去是美国，这些国家距离自己并不遥远，自己面对的仿佛就是整个世界。

　　我越想越多，忍不住往更大的角度去思考。美国觉得太平洋是他们的利益所在，就像他们的游泳池一样，这让我心里很不服。又想到日本以前横扫太平洋，说是在保护这个地区，其实在把自然丰盛的东西拿走，把不好的东西剩在了这里。一个帝国走了另一个帝国又来，从荷兰、英国、葡萄牙到美国、日本，这些被他们涂炭的地方，正是太平洋的风吹过的地方。

　　那么多帝国的军队在太平洋中穿梭，在太平洋诸多的岛屿上建立了殖民地，我从人类学的角度得知那些地方的人们，他们的母地就是中国台湾，所以才会在这小小的港湾来讲这么大的事。太平洋的风吹散迷漫的帝国气息，吹生出壮丽的椰子国度，偶尔会飘送整个太平洋南岛那种自然尊贵而丰盛的气息，很多斑斑的帝国旗帜也会被风吹走。我们在山谷里面长大，也是被太平洋的风吹大，太平洋的风一直在吹。当太平洋的风吹过以后，我觉得一定会迎来真正的太平了。

太平洋的风

词曲：胡德夫

最早的一件衣裳

最早的一片呼唤

最早的一个故乡

最早的一件往事

是太平洋的风徐徐吹来

吹过所有的全部

裸裎赤子 呱呱落地的披风

丝丝若息 油油然的生机

吹过了多少人的脸颊

才吹上了我的

太平洋的风一直在吹

最早世界的感觉

最早感觉的世界

舞影婆娑

在辽阔无际的海洋

攀落滑动

在千古的峰台和平野

吹上山吹落山

吹进了美丽的山谷

太平洋的风一直在吹

最早母亲的感觉

最早的一份觉醒

吹动无数的孤儿船帆

领进了宁静的港湾

穿梭着美丽的海峡上

吹上延绵无穷的海岸

吹着你吹着我

吹生命草原的歌啊

太平洋的风一直在吹

最早和平的感觉

最早感觉的和平

吹散迷漫的帝国霸气

吹生出壮丽的椰子国度

漂夹着南岛的气息

那是自然尊贵而丰盛

吹落斑斑的帝国旗帜

吹生出我们的槟榔树叶

飘夹着芬芳的玉兰花香

吹进了我们的村庄

飘夹着芬芳的玉兰花香

吹进了我们的村庄

吹开我最爱的窗

当太平洋的风徐徐吹来

吹过真正的太平

当太平洋的风徐徐吹来

吹过真正的太平

最早的一片感觉

最早的一片世界

Ara Kimbo ▷

记忆

人类最大的罪恶就是贪婪地对大自然进行猎取与杀戮，你不尊重大自然，它一定会反扑你。我想告诉人们，我们的家乡也曾美丽过，也只有美丽的家乡才能让人活得更加自然尊贵。

▶▷

Ara Kimbo　⊳

　　1998 年的时候，台湾的一位年纪和我相仿的诗人李敏勇[1] 带着他的诗歌《记忆》，通过朋友找到还在台东养病的我，跟我说公共电视台要开播一个名叫《我们的岛》的电视节目，希望我能够为他的《记忆》这首诗配上曲子，作为这个电视节目的主题曲。

　　台湾是一座岛屿，但生活在台湾的人们大多在意识中与海洋却是疏离的，因此当台湾地区的自然环境遭到一些破坏之后，许多人对这样的状况感到非常陌生。更有许多人对海感觉恐惧，一方面由于海洋资源的管制，另一方面是他们对水下世界的未知，认为海是不可亲近的。那一年是国际海洋年，电视台方面希望借

1　李敏勇：台湾知名诗人、文化评论家、翻译家。曾任圆神出版事业机构的如何出版社社长。

由这样的一个纪录片，能够把台湾现代海洋的生态状况记录下来，唤醒大家对海洋的保护意识。

我看了李敏勇写的那首诗，讲的是我们以前那个时代大自然环境的美好，同时也是在提醒大家现在的环境被破坏成了什么样子。我想起自己在淡水读书的时候，每年夏天学校都会组织我们到淡水的沙仑去游泳，那里的水非常清澈，没有一点污染。后来我上了大学，和李双泽又常常一起回去找我当年游泳的地方，却发现那里的垃圾已经堆到我的膝盖了，给人很惨的感觉。李敏勇的诗就是在讲这样的事情，他在怀念我们曾经的环境有多美。

我把他的诗稍加改动了几个字，基本维持了诗歌原貌。那首诗总能让我的脑海里出现这样的画面，垦丁那白色的沙滩，白色的灯塔，以前那里没有垃圾污染。从遥远的外海回来的船看到这个灯，看到这片沙滩，船上的水手便会想起家乡的美丽，心里头想奔回梦中的家园。

我所唱的歌大部分都是我自己的创作，为别人的作品而谱曲的情况很少。我以前写过周梦蝶的《菩提树下》和《月河》，我年轻时候曾在西门町书摊买他的书，那是我们当时那一辈人的年轻偶像。这两首歌只在书本上发表过，我也仅在几次演唱会上唱起过，后来一直没有再唱，现在大概也记不得旋律了，但陶晓清那

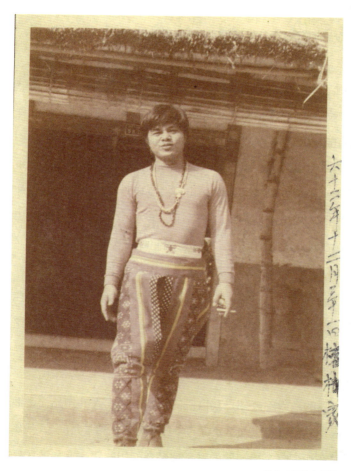

照片／胡德夫提供

这张泛黄的照片是1973年我参加年祭时拍摄的，
如今除了丰年祭期间，打猎也是被禁止的。

里应该还会有发表过我这两首歌的那本书。在这之外我也为《匆匆》谱过曲，那是陈君天的作品。《记忆》则是我为别人的诗歌谱曲演唱的第四部作品。

《记忆》这首歌常让我想起一些发生在故乡的事情。我们的山谷里面有一条很大的河，那里的水永远是清澈的，没有半点污浊，即使台风来了也依然清澈，不过只是多了一些水。那条河里没有什么大的石头，小孩子可以很安全地在水里面玩耍。在我三岁那年，我妈妈带我来到部落的时候它就是那个样子，一直没有改变。

山谷里也有两三条小溪流，连着一条小的瀑布，它们也很清澈。我在小时候常去那里泡澡，其他人从北边的山上工作下来时，在回家以前也会来这里洗洗身体。出了部落检查哨的地方，溪流上面有一座小木吊桥，它的夹道用石头叠起，牛车可以从那边经过。常有羊群在附近悠闲地吃草，鸭子在溪水中闲游，两旁长满了老榕树、卡当树、茄冬树。那种美景是我终生不能忘记的。

在我读小学的时候，我的外祖父来我家。我家住在部落最前面的地方，外祖父进部落的时候看到很多的卡车从检查哨右边的山路开下来，车上载满了大树，看得出来，那些车都是从大武山这边开下来的。然而外祖父并不知道，当地有两户人家串通了林务局，没有在允许伐木的杂木区内进行作业，而是直接到森林里面砍伐大棵的树木。我们生活在森林外面的人看不出里面发生了什么，但猎人会告诉大家森林里面发生的事情。他们把树砍了以后就地铺上铁轨，把木头运到另外一个整理木头的地方，再从那边装了卡车，从林栈道拉下山去。

我外祖父看了几次这样的情形，实在搞不懂这样的状况，就来问我姐姐这里林层那么丰富，为什么那么多人不在杂木区伐木，而去砍林子里的整根木头。我姐姐告诉他，有人串通了林务局，跟他们要了这一大块地方，然后私自扩大地盘，把大树全部都砍了。朴实的外祖父委屈地问："他们那一家人要那么多木头做什么用？"

我们原住民用木头就是这样的，由于风灾等自然原因倒下的树可以锯一锯拿来当柴烧，如果没有自然倒下的树，就砍些小的树木，够自己用就可以了。盖房子时候所用的门板、床板和一些建筑商要用的木材都是拿小棵木头破板来使用。而且我们尽量不用木头，尽可能多使用竹子，因为竹子长得很快，而木头通常长得比较慢，我们必须维护这些树木。大棵的树我们绝对不会动，对我们来说那是犯忌讳的事情，我们千百年来跟大自然相处在一起，长辈对我们的教育就是如此。其实在我们附近的山上有很多四五个人环抱粗的大桧木，那时候如果有人偷偷砍了去卖都是一两百万台币的价值。在这些伐木者勾结林务局以后，何止那样大的树木，甚至连神木都被一根一根地锯断，装在车上运下山拿去赚钱了。

以前的日本人已经砍走很多树木了，我以前也一直也有这样的疑惑，为什么日据时期的乡公所、公署、乡长居住的公馆这些建筑都盖得那么大，而且用的都是好木头？为什么日本人走了以后我们自己没有盖这样的房子？我们盖房子都用比较小棵的木头，更多的是用槟榔树梗和竹子，裹了稻草贴墙壁。好的房子也只是这样而已，简陋一点的房子全用茅草和竹子来盖。为什么日本人会盖这么好的房子？而部落的老人家告诉我，日本人喜欢中国台湾的榉木，看到大树就会乱砍，所以他们会用这样的材料盖房子。并不是我们原住民不会盖好房子，而是我们把大自然看得很重，是我们懂得保护大自然。

等日本人走了，本该到了护育树木的时候，但那时候台湾地区的经济很差，蒋介石来到台湾以后的第一件事就是出口树木，这是纵容的结果。很多人来到山上垦荒一般地把土地搞得寸草不生，然后去种生姜，种高丽菜，种茶。结果当台风和雨水来临的时候，大量的山石崩落下来，这是部落里老人家们不希望看到的事情。他们严守着自己的禁忌，不能去碰大树，那是我们赖以生存最重要的东西，有了它们才有猎物，如果树不见了，那些动物就会往深山里面退，也有一些动物慢慢绝灭掉了。现在的贸易早已全球化了，全世界的高丽菜都可以卖到台湾来，也不会有人再去大量种植，那些废耕的地方就这样荒废掉，山石继续崩落，水土继续流失，这就是台湾所面临的自然环境。

我小学离开家乡的时候，山谷里的一切还是那么漂亮，但随着伐木的地方越来越大，伐木的商人越来越有钱，从县议院一直做到立法院去，不仅在台东，就连台湾的北部也是这样砍伐树木。我高中毕业的时候，从台中成功岭回到台东，回到部落检查哨旁边的溪流那里，看到那些住在河边的人，他们的房子全部被水冲掉了。那条原本只有一间房子宽的溪流一度突然变成两百米宽，但大水过后便立即干涸了。山上没有了树木，水量也不够了，大雨来的时候，山上的石头混着泥沙被冲刷下来，把原来的河床扩大了许多倍。我看到那个情形，就像梦碎掉了一样。小时候那么美丽的地方，现在怎么会成了这个样子？

后来我在原住民运动的时候讲到这件事情，如果把森林还给我们来管理，一定不会这么惨。如果要用森林警察就多用我们的人，土地也不会是现在这样子。我们部落有一大半房子本来是在现在的河水中间位置的，"八八水灾"的时候，我们小时候玩耍的

照片／吴明哲摄影

我们千百年来跟大自然相处在一起，
长辈对我们的教育就是如此。

那条大河直接将部落的房子冲垮了，就像魔鬼一样，惊悚地把那些房子一间间拉走。我在电视上看到这样的画面，却发现那就是我的故乡啊。人心惶惶，以前绝不是这样子的。

与我们不同，在海边阿美族生活的地方依然那么干净，他们很会维护海的环境，甚至连唱歌跳舞都是海洋的韵律。他们传统的饮食习惯是山海通吃，在出海捕捞的同时也从山上采摘打猎，这是一种在山与海之间自然资源的平衡，所以那里的自然资源对他们来说是取之不尽的。但现在台湾北部的海域很难像以前那样容易捕到鱼了，《记忆》的歌词里有这样一句话，"船舶在防波堤外航行而过"，这原有的美景现在却越来越不堪了。如今从海里打捞到的只有污染的油，哪里还有鱼呢？

关于这种山海间的捕捞，还有一些趣事。经常有一些阿美族的小朋友读书时看到其他同学带的便当里面有饭有菜，便会抱怨着说："哎哟，那么多饭菜，我爸爸出海只捕到龙虾，我今天便当里只有一只龙虾，别的什么也没有。"

部落的学校里面有布农族的老师在教书，而布农族曾经是靠山间打猎为生，所以有的时候会有一整只炸好的田鼠出现在布农族老师的便当里，那样的情况大概是老师家打猎的时候只打到了田鼠吧。

　　我们也想继续维护好自己的山林，那也应当是取之不尽的资源，但如今事与愿违。现在除了丰年祭以外的时候，我们原住民在林区砍树和打猎都会被送去法院了，因此大家常打趣说出去会收到那个林先生的公文，别人来问什么林先生，他则解释那是公文上面盖章的林务局三个字。但我在小的时候还跟大人们上山打过猎，我跑得快，就来做猎狗的角色。

　　我们在山上常打飞鼠，而且要尽量多打，因为它们吃树，而且吃得很厉害。一棵树被它挖一个洞吃下去，那棵老树很快就死掉了，飞鼠会躲在里头当房子住，而且它们挖的洞都是倾斜的，雨水灌不进去。

　　打飞鼠的时候，我爸爸或我祖父常要我去敲打有飞鼠躲藏的树，我拿着刀爬到树上去啪啪地敲打，他们大人则在下面放枪故意吓它们。这时候飞鼠会从树洞里探出半个身子，我们继续吓它，它听到这种声音立刻就从洞里跑了出来。它们在树林间滑，从一棵树滑到另一棵树上去，有的会直接从上面掉落下来。这时我就充当了猎狗的角色，跑过去捉他们，所以我的手常常被咬伤。

　　我们在打飞鼠的时候是不带真正的猎狗去的，因为猎狗不会跑到那种地方去抓飞鼠。但我们想围猎一些动物的时候，大型猎狗就派上了用场。在打山猪这类动物的时候，一枪是打不死的，

照片／赖映仔摄影

我想告诉人们，我们的家乡也曾美丽过，
也只有美丽的家乡才能让人活得更加自然尊贵。

但来不及连续开枪，山猪就会向我们冲过来。这时候我们通常会砍了树枝插在刀柄后面，加长刺杀的距离，背靠着树等山猪冲过来。这个过程中就需要猎狗不断扑上去，那些猎狗经常会被山猪甩出很远，但它们会再扑上来，只有把山猪困住才能把它刺杀掉。

有些生活在平地的人跟我们的狩猎方式很不一样，他们每次打猎要带上几十支枪，一百条狗，进山以后看到什么都要全部打掉，连山鹿也要打。我们打猎是不碰山鹿的，看到山鹿那美丽的样子我们实在舍不得打。我们打够一些吃的就回来了，但他们是用卡车在往外面运猎物。

这些猎物其实和树木一样，是需要与人类共荣的，这样才能给子孙留下东西。我们打猎的时候驰骋在树林的边缘，寻找生命的踪迹，那是千年以来流淌在我们血液里的自由与奔放。但其实我们到最后的行为，只是在追求那个自由的终点，只是想找回飞跃在脑海里的土地而已。

很早以前，原住民有着严格的猎区概念，如果别人进入自己部落的猎区就意味着宣告战争。如今大部分地方早已没有划分猎区的概念了，但卑南族还会有这样的沿袭。有一次南王的人跑到知本的猎区里去，知本的人马上在山下鸣枪让他们不要靠近，最后搞得还要把两边的长老请出来协谈，这是很多年都没有过的事情了。现在一些部落的年轻人，越来越多地去追求了解他们以前猎区的精神，对他们自己的纪念会十分维护。

其实这些人同属于一个族群，但部落与部落之间仅隔一条河也要讲清楚，不准对方过来。如果对方想过河取树木，挖竹笋，一定要经过自己的同意才可以。不过现在也只有卑南族还存在这样的事情，其他民族早已没有了。

现在的台湾已经禁猎，但在原住民的丰年祭时还会开放一部分猎区给原住民作为狩猎使用，其他人则是不允许的。每个原住民在登记之后可以持有两支自制猎枪，但这种猎枪如果制作不好的话很危险，还会炸膛，一定要请会做的人来做才好，即使做好以后也不能随便交给别人使用。虽然手中的猎枪还在，但我们现在做的更多的依然是在保护自然，并且收获了一点效果。

以前的阿里山终年河流清澈，很多鲴鱼在河里游弋。随着游客逐渐增多，开始有人打起了鲴鱼的主意，很多人毫无节制地把鲴鱼电死或毒死，慢慢地，河里原本很多的鲴鱼即将消失了。这样的事情发生以后，阿里山的同胞发起部落的呼吁，由民间自发来护渔。他们制定了部落宪章，在他们看来，这样的宪章高于一切相关的法律。部落宪章明确讲到在护渔期里大家不可以捕鱼，如果这时候捕鱼被抓到，就要罚款一万台币，这下子很多人不敢再去了。现在这些鲴鱼慢慢又多了起来，甚至多到可以让人们过来钓，但把鱼电死这种事情是绝对不允许的。钓鱼有时间上的限制，除了规定时间以外来钓鱼的人一样要被抓去罚钱。

有一次我看到那边的溪流，以为有一些大鱼在里面，当我走近以后才发现，溪流里面是很多的小鱼在游，在爬水中的小瀑布，那场面蔚为壮观，那些鱼终于又回来了。

现在我们在丰年祭打猎的时候也会有所限制，飞鼠是可以打的，但有一种白色皮毛的飞鼠就不允许打。没有明确说山猪可不可以打，但如果它从山上闯进自己的田里，那一定是要杀掉的。山里的猴子也不允许打，结果现在的猴子越来越多，很多人的包包、帽子都被猴子抢走了，有的猴子也会抢水果，如果它咬上一口觉得不好吃，还会丢回来。

人类最大的罪恶就是贪婪地对大自然进行猎取与杀戮，你不尊重大自然，它一定会反扑你。我创作的那首《大地的孩子》中也有这一层意思，在我的歌里描述着盘旋在山谷天空中的苍鹰，满山的月桃花，色彩斑斓的蝴蝶飞舞着，太平洋的风会吹过来，大武山的水清澈而甘甜。我想告诉人们，我们的家乡也曾美丽过，也只有美丽的家乡才能让人活得更加自然尊贵。

记忆

词：李敏勇

曲：胡德夫

在每个人的脑海里

存在着地平线

未被污染的原野

盘旋在其上的雀鸟

云在树林间缓缓走动

放映着蓝天的故事

远方游子的信息寄托飘飞的落叶

风奏鸣着季节的情景

在每个人的胸臆中

存在着水平线

未被污染的海洋

悠游在其中的鱼群

船舶在防波堤外航行而过

描绘着碧海的情节

远洋游子的信息

夹带翻滚的浪花

雨合唱着岁月的足迹

Ara Kimbo ▷

脐带

别人常说最好的歌是没有录到的那一首，没想到我录到的却是自己再也弹不出来的。

▶▷

2011 年，我出版了自己的第二张音乐专辑《大武山蓝调》，在这之前我完全没有想到有机会录制这样一张 CD，在美国 Nashvillee 的所有录音也只不过被我当作一次音乐方面的行脚。但最终的那次行脚还是以录制唱片、出版专辑的方式完结，其中还收录了唯一的一首中文歌曲《脐带》，这一切对我来说都有些意外。

我曾认识一位在日本出生的华侨朋友郭先生，他的爸爸在台北开了一家很大的纺织厂，郭先生在日本早稻田大学毕业以后回到台北正准备接班他爸爸的生意，这家纺织厂也成为我后来为爸爸筹措医药费而去上班的地方。郭先生在神户的时候开了一家 House of bluegrass，叫作"The lost city"，专门唱 Bluegrass。玩一玩 Banjo、Mandolin、Guitar、Double Bass、Violin 这些音乐，在那时候我也喜欢听这些音乐。

郭先生回到中国台湾后，听到了我唱的英文歌，当时他正与一个日本留学生和一个日本公司的驻外员工组建乐队，但是他们少了一个主唱，就来问我可不可以一起玩，由我来唱。我问他们都唱谁的歌，他说要唱 Woody Guthrie、Bill Monroe 他们的作品，我当然同意，接下来我们就组建了一个乐团。后来这些朋友说干脆我们来开"The lost city"，就像以前在神户那样，但是要以铁板烧的方式，刚好也能作为另一份收入补贴我爸爸的药费。就这样，我们的铁板烧店才开了起来。

Bluegrass 的诞生地是在美国一个叫 Nashville[1] 的地方，那里有很多出色的录音师，很多有名的音乐人全都在那里录过音。2001 年的时候，我带着太太来到 Nashville，想看一看自己钟爱多年的 Bluegrass 诞生的地方，那座音乐城的里面有一个非常大的 Bluegrass 纪念堂，叫作 The memorial hall of bluegrass，也有非常优秀的音乐商业大学，森林里遍布着整排的录音室，这一切都让我感到非常兴奋。

一位朋友介绍了录音师 David 给我认识，他是在格莱美拿过六次幕后奖的录音工程师，我们认识的很多音乐人的白金唱片都

1　Nashville：美国田纳西州"纳西维尔"是美国乡村音乐的发源地，在美国有很大的影响。

这个美丽的港口是我出生的地方，
是台东东北方向阿美族的一个族区，
后来被称作"成功港"。

是出自他手。我告诉他自己的来意，他便带我到街上去逛，街上的 Live house 很多，一家挨着一家。

逛过之后他对我说："Kimbo，我知道你在台湾出过唱片，我台湾的朋友告诉过我，而且你音乐的启蒙有很多是出自黑人的灵歌。你要允许我帮你找一些朋友来，一起在录音室里聊聊音乐的事情，唱唱歌。"在获得我的同意之后，David 请来了非常优秀的吉他手、贝斯手、钢琴手和小提琴手，我便和他们聊起了自己的音乐历程，也讲起了我在淡江中学时候的校长陈泗治[1]，我到现在都非常想念他。

我来到淡江中学时，讲的是带有浓重排湾族口音的国语，同学和老师都听不懂，上课听讲也非常困难。而且由于从小赤脚的缘故，我的双脚长着厚厚的茧，穿上鞋子痛得无法走路，于是只能把鞋子挂在脖子上。淡江中学是贵族学校，学生的家庭背景都非常好，学校管理也很严格，所以来到淡江中学的第一年，我非常封闭自己，天天想着回家，不想读书。我常常在学校后面的树林里，把

---

1 陈泗治：台湾作曲家、音乐教育家。曾先后就读于淡江中学及台湾神学院，并于1934年赴东京神学大学修习作曲，回台后担任淡江中学校长二十五年，致力于音乐教育。

相思树叫成我家乡同学的名字，跟它们讲话，诉说心里的苦闷。

陈校长观察到我平时的状况，给我安排了最好的国语老师在课余时间为我纠正指导，还给我买了软鞋，并告诉教官，让我在适应穿皮鞋之前，升旗仪式和课堂上都可以穿软鞋，让我慢慢适应。陈校长也交代学长们在生活规范上帮助我，教我怎样和平地的同学们相处。他给我创造机会去和平地的同学相互学习和交流，于是我逐渐从淡江中学里一个特殊的学生变成了正常的学生。

那时候，我们每个同学在总务处都有个账户，用来存家里寄来的零用钱，但因为我家经济困难，所以我的账户余额永远是零。陈校长知道我家的情况，每到寒暑假的时候，他就给我出钱，让我买火车票回家探亲，并且嘱咐我快去快回，回到学校好给我安排打扫琴房、修剪花木等工作，这些工作的收入足够支付我的学杂费用和零用钱。就这样，寒暑假我在学校勤工俭学，陈校长经常在家里为我煮饭，照顾我的生活。六年的学习生活，陈校长就这样帮助我，我没有跟家里要过一分钱，一直到大学都是这样坚持。

陈校长是在戒严时代第一个反对教育部门要求学生一律剃平头的教育人士，他就是这样保护自己的学生，并且在封闭保守的学校环境中，把外面世界的新价值观念传递给我们。因为我暑假寒假都和他在一起，因此受他影响很深。平时他会和我们聊起他参加校长会议的心得，或是学校橄榄球队的成绩，甚至和我讲"二二八事件"中我们学校牺牲的第一任校长的故事。他通过和我们聊天，让淡江中学坚守的精神与活力延续下来，给我们力量。

在音乐的启蒙上，陈校长对我的影响更加深远。我在小学时是不唱歌的，但在淡江中学就不一样了。因为陈泗治校长是台湾日据时期以来最著名的钢琴家之一，所以学校有一个传统，在每天的升旗仪式和朝会后，陈校长会带领全校师生在大礼堂集合，他坐在钢琴前演奏，所有师生拿一本《淡江诗歌》一起合唱歌曲。这本集子里不仅有基督教圣诗，还有传统的民谣和校长创作的歌曲。当全校师生合唱时，那种声音让初来淡江的我感到非常震撼。当时我虽然没有条件去学弹琴，但我看到校长在台上弹琴的样子，我就梦想以后能像他一样去演奏。我在打扫琴房的时候，逮到机会就坐在钢琴旁边模仿校长的样子去弹琴。

陈校长知道我喜欢音乐，就叫我和其他三位声音条件很好的原住民同学组合在一起练习四重唱，并请一位来自加拿大的女老师指导我们练习。我们称呼这位老师 Miss Taylor，她是陈校长的好友，19 岁就来到台湾生活。Miss Taylor 对我们这个四重唱组合非常关怀，她以她对音乐的理解和四重唱的演唱技巧指导我们演唱。在学习演唱的同时，她还把我们领到她的家里，给我们听黑人灵歌，讲解歌词的含义和音乐之外的很多背景知识，并教我们唱。当时台湾北部最著名的四重唱团体是救世传播学会的四重唱，当很多人听过我们的演唱后，都觉得我们要比那个团体唱得更好，而当时我们只不过是四个初中生而已。我们就这样一直唱到了高中，在那时候还蛮有名的，甚至在还没有电视台的年代里，我们就已经上过了台湾教育电台的节目。回想起那段往事，我告诉 David 自己都曾唱过些什么，而 David 说这样的经历真是太棒了，要我们一起玩玩看。

那天我唱了包括 Leonard Cohen 的 *Hallelujah* 和我自己为听障奥运会所作的 *Power in me* 等几首歌，他们越玩越来劲，觉得这样还不够，便叫来了日本博览会上在美国馆唱四重唱的八名歌手。他们都是 Nashville 教会里选出来的歌手，有他们来合音，这就更好玩了。我们又接着唱了几首歌，把我自己的作品也唱进去，最后已经唱到足够一张 CD 的分量了。

我对那几天的录音很满意，也打算把母带带回去做一张关于 Nashville 行脚的 CD。我们的录音都是 one take 完毕的，我也没有想太多，在录音完成以后便准备收工了。

我当时正在酝酿《脐带》这首歌，但还从来没有完整地唱出来过，就连我太太也没有听过我最完整的演唱。在我们离开家的

照片／胡德夫提供

在美国录音的时候，得知太太的亲人去世，我感同身受，不禁想起妈妈，于是把心底酝酿已久的《脐带》唱了出来，唱到一半我发现太太在掉泪，直到我把这首歌唱完。

这十几天里，太太的家里有亲人去世，在我们收工以后，她拉住我，因为思念家人而要我唱一次《脐带》给她听。我打开琴盖弹着唱着，太太坐在地上，唱到一半我发现她在掉眼泪，直到我把这首歌唱完。这首歌在之前还没有完全酝酿好，所以它的间奏都是我当场即兴弹出来的，但我回到台湾以后，怎么弹都没办法再弹出同样的间奏旋律，不得不说那是神来之笔。

我唱完歌，把琴盖盖好，去安慰太太，然后到走廊想和Dviad道别，他却跑来对我说："你慢走，我要问你，你刚才唱的那个歌是什么？"我回答他，这是我太太要我唱的一首纪念我妈妈的歌。David说那个感觉真好，要我一定把这首歌放在这张CD里面。我说等我回到台湾录下来放在CD里面便是了，但他告诉我，他刚刚已经在录音室里帮我录下来了。

回到台湾以后，我把这首歌最后两句副歌的部分另外加了轨道，请人帮我做了和声，另外的一首 Power in me 也请了张惠妹来帮我录和声。这才有了这样的一张音乐行脚CD。

这是一张融入了 Blues 音乐风格的 CD，对于 Blues 我有着自己的理解。我在小的时候，虽然在山谷里面没有唱什么歌，但我在家里的老人身边长大，一直听到老人家在唱。他们会唱一些日据时期的日语歌，也有一些用原住民的语言来唱的歌。在那些歌以外，有的时候他们还会唱一些更古老的歌，其中有一种很短的曲式，没有固定的歌词，要唱什么、谈什么完全随自己。这种曲式是一种对谈，要两个人互相呼应，也都是用原住民的语言来唱。比如说"朋友啊，我们今天怎么了？我们感情是不是不太好了？是哪里出了问题……"这样唱上一段，另一个人就唱着回答是有了误会之类的话语。这是自古以来人与人、人与上天磨合时候的一种曲式，或是用来表达朋友之间的互相怀念。这种歌没有固定的长度，只要能表达自己的情感就好。

我的外祖父教过我这样的歌，在我到 Nashville 录制《大武山蓝调》的时候，我和他们玩了一首《南大武蓝调》，即是这种曲式的歌。这首歌本来是要两个人搭唱的，但那天只能我一个人唱，那些从心里面涌出来的语汇，抑扬顿挫，长度与深度的变化很多，而这些变化都被包含在曲式里面。

以前在部落的时候，如果两个好朋友有了矛盾几年都不讲话，但其中一个人希望能与对方和好，这时候我的外祖父就会作为中间人，把他们叫到家里去，让他们唱歌来听，看两边的诚意够不够。那两个人就会从小时候的事情一直对唱，回忆过去。一个人会讲他自己的事情，觉得很对不起对方，没想到讲话这么重。另一个人则会说既然你来了，我们也唱了歌了，我们心里有什么就尽量说出来。他们会唱很久，唱完后两个人起来拥抱，之后的感情比以前都好。有的人会看到美丽的大自然，也会用歌声去赞叹，用的同样是有主题的词，尽管旋律上会有一些变化，但曲式却是不断重复的。这就是我从小听到的歌。

后来我听到黑人灵歌的时候，发现他们的歌和我们很像，但他们的歌是被压迫出来的声音，是来自心底的东西。他们没有上过学，听到的都是主人在讲的英文，一两代人下来已经不会非洲的语言了，而他们能讲的英文却是浅薄的。他们能够听到主人做礼拜时候所唱的歌，也试着用生疏的英文，配合自己的口吻来唱给上帝听，或者唱给他们所看到的景象。

看到密西西比河，他们会唱：我的密西西比，你如此雄壮有力，这样深，这样宽，足够把我的悲伤带进大海里。而看到火车载着棉花从他们身旁呼啸而过，他们会唱：能不能把我带到苦难的另外一边去。

民歌就是这样，虽然曲式很短，但完全是从心里唱出来的声音。那些黑人被压迫以后，在那种悲伤的心境下，大量的曲式被他们唱出来，经过很多年慢慢地被别人听到，最终成为negro spiritual。后来他们可以进入教堂，也就变成了教堂里面的黑人灵魂歌。这些歌被猫王那一代人或者更早的人听到又发生了改变，他们把西方的乐器与黑人的灵动结合起来，融入节奏方面的元素，Blues 就这样诞生了，其实它是从 spiritual 走出来的。

Blues 是这两三百年前才出现的一种音乐形式，那些黑人的家园被拆散，身体被压迫，那是他们哼唱出来的心中的苦，是完全藏匿于心底低声的呐喊，不敢大声唱给主人听。一个保姆看着她主人家的女儿在那儿哭，她便要哄那女儿唱道：

summertime and the livin' is easy

fish are jumpin' and the cotton is high

oh your daddy's rich and your ma is good lookin'

so hush little baby,don't you cry

one of these morning

you're goin' to rise up singing

and you'll spread your wings

and you'll take to the sky

but till that morning

there's no one can harm you baby

oh daddy and mammy standin' by

there's no one can harm you

oh with your daddy and mammy standin' by

summertime

两度获得格莱美奖的录音师David Leonard请来了非常优秀的吉他手、贝斯手、
钢琴手和小提琴手，我便和他们聊起了自己的音乐历程，
同时也一起玩起了我们共同喜爱的音乐。

　　这只不过是一个黑人奴隶，一个女人在当保姆而已，在照顾主人的女儿时，她会唱出这样的曲式，也在感叹自己没有如此良好的生活环境。

　　我从小的时候就熟悉这样的曲式，只不过我所认知的蓝调其实是原住民传唱了几千年的那种蓝调，曲式也是原住民的那种曲式。那些黑人的音乐是他们被压迫发出的声音，而台湾的原住民的歌舞是一种莫名的赞叹，比较开阔，高兴的东西多一些，但曲式还是那样短。我们这两种音乐的英文叫法也很接近，黑人的歌被叫作 Blues，而我们的歌被叫作 Deep Blues，我们的音乐产生得更早一些。我们的祖辈将这些歌一直传唱下来，那都是从灵魂里面唱出来的歌。

　　在《大武山蓝调》这张专辑中，我把自己对蓝调音乐的理解融合了进去，而专辑里面的唯一的一首中文歌曲——《脐带》，则是我写给妈妈的作品。

　　1998 年母亲节的时候，我在《基督教论坛报》的副刊上面读到一篇赞颂母亲的文章，我看过以后有所感受，开始写《脐带》这首歌，但始终没有酝酿完整。第二年的时候台湾地区发生了 9·21 地震，我随着工作队到现场去做一些灾后的处理工作。

那时候我的姐姐带着妈妈到交通很不方便的地方来看我，妈妈说一定要看到我在山上，在受到重创的地方干活才能放心。我并不知道她那时候已经得了癌症，她自己不会对我说，姐姐也没有告诉我。其实她是很虚弱地来看我的，和我一起吃饭，捏捏我的脸，拍拍我。现在想来，那都是她对我无言的叮咛。

妈妈在有很多蚊子的地方过夜，第二天要回台东了，她舍不得看我，就向我挥一挥手，让我想到了自己小时候离开山谷的情景。我之前酝酿的那首《脐带》又浮现了出来，我准备再把它整理一下，那是心里面要送给妈妈的歌。我永远是你怀中的宝贝，视线里的焦点。但因为工作繁忙，这首歌又被我放下了，一直也没有写出来。后来姐姐打电话告诉我妈妈生了病，开始住院了，我埋怨她为什么在山上的时候不和我说。到了年底的时候我回家去医院陪伴妈妈，但她那时候身体已经开始有点不行了。

那些天我每天陪伴着她，看起来更像是在守护她，但我从降生到现在，其实一直都是她在祈祷，在守望着我们。虽然我十一岁离开她身边去淡水读书，失去了她这一份亲情，但最终还是会想到母亲陪伴我们的那些岁月，那是抹不掉的记忆。她渐渐老去，我们渐渐茁壮，岁岁年年她都在守望着我们。

妈妈在医院里面受苦了半年，《脐带》这首歌在这段时间里也被我慢慢酝酿着。当妈妈去世的时候，这首歌终于有了它完整的样子，不过仅有第一段而已。在妈妈出殡的时候，我用这《脐带》的第一段来送她，因为哽咽，那天没有人知道我在唱什么。

在去美国录音的时候，得知太太家里亲人去世，我感同身受，不禁想起妈妈，于是把《脐带》加了一段唱了出来，在 David 录音之后放在了那张 CD 里。当这首歌彻底完成的时候，已经是妈妈去世两三年以后的事情了。后来我想了想，我要赞颂妈妈，应该还要有一首歌才行。我觉得我从小时候妈妈牵我的手去看满山月桃花、飞舞的蝴蝶、水中的蜉蝣、天上的老鹰这些事情开始来唱我跟我妈妈之间的爱，我酝酿着这种情感，最终写下了《芬芳的山谷》。

《脐带》是我很悲伤地在唱妈妈离开时候的感觉，在唱她守望着我们的那种感受。而《芬芳的山谷》是想唱出山谷里面一些美丽的记忆，让我能够纪念妈妈，也能够纪念妈妈生活的那个山谷，纪念我长大的地方。

《脐带》在录制的时候很奇妙，前奏也好，间奏也好，它的进行都是那么出乎我的意料，那种感受大概是自己在万里之外，心里面很深邃地对故乡或是妈妈的怀念。而我也看到自己的太太在旁边悼念她的家人，这些情感叠加在一起，手与心，与声音都走到一起，使自己不由自主地即兴发挥出来。

别人常说最好的歌是没有录到的那一首，没想到我录到的却是自己再也弹不出来的。

脐带

词曲：胡德夫

当我还在您腹中的时候

你我之间那条本为一体的脐带

早已将我们紧紧地相连

一点一滴日日月月岁岁年年

哺育着我 守望着我

从不停止 从不停止

啊　我永远是您怀中的宝贝 视线里的焦点

啊　我永远是您怀中的宝贝 心里的焦点

啊　我永远是您怀中的宝贝 心里的焦点

我一天天地茁壮 而您一天天地老去
一点一滴日日月月岁岁年年 哺育着我 守望着我
从不后悔 从不后悔

啊　　我永远是您怀中的宝贝 视线里的焦点

啊　　我永远是您怀中的宝贝 视线里的焦点啊

啊　　我永远是您怀中的宝贝 视线里的焦点

啊　　我永远是您怀中的宝贝 心里的焦点

Ara Kimbo ▷

流星

时间是最无情的东西，很多人一生里大的遗憾都与时间有关系。当幻灭的瞬间来临，我们没有什么可以自言，只能坦然以对。

Ara Kimbo　▷

　　2008 年，星云大师的佛光山文教基金会整理出版法师的偈语，希望结合文艺界会写歌的朋友们从他的偈语里面选出适合做歌词的部分进行修改，可以让他的偈语变成歌。法师并没有局限我们必须为佛教徒的身份，我便和朋友们共襄盛举，一同参与了进来。

　　那个时候我们看到了法师的两首偈语，一首叫《胸襟》，我按照法师的指引，把它翻译成排湾族语做了一首歌，但是很遗憾，那首歌我并没有录下来；另一首是《流星》，我对它进行了再创作，把这首歌录下来以后，收录在我的专辑《芬芳的山谷》里面。星云大师的偈语《流星》非常简短，只有三百个字，我从里面摘录他的用意，汇集他的思想写了一首最短的歌。

　　在写这首歌以前，法师邀请我们去台北佛光山去看一看他过去的文稿，还有一些幻灯片。星云大师是从大陆来的，是外省的法师，幻灯片里面的他只有二十岁左右，脸庞看起来还很年轻，骑着脚踏车和那些刚刚跟随他的年轻人去做布施与佛法的宣扬。与其他法师相比，星云大师算得入世的法师，敢把心中所想讲出来，不会因为自己是宗教领袖而去讲一些很模糊的话。他为了宣扬佛法而走遍台湾，所以想见他的人很容易就能见到。当后来我们见面聊天的时候，看到他的容貌几十年如一日，虽然年纪大了，但依然容光焕发。

我之所以把《流星》这首偈语重新创作成为现在的样子，是因为我想到自己以前写过的《匆匆》。在我写《匆匆》的时候感觉不到自己是在告诉别人时间过得很快，"种树为后人乘凉"这样的歌词只不过是从我的嘴巴唱出去而已，并没有太多深层的感受。由《匆匆》写到《流星》，悠悠四十年过去，越靠近六十岁，我唱起《匆匆》越有感悟，觉得自己终于到了一个可以告诉别人时光匆匆的年纪，之前是没有资格说教别人这些的。

但即便是这样，在我看到《流星》这首偈语的时候，也会觉得假如自己到了八十几岁不敢谈时间的事情，因为时间就在自己旁边，自己的"时间"随时会来到，就像能量枯竭了的流星随时会落下。我最终把这样伤感的事情汇聚为一句歌词："就像带着光芒的流星，刹那划破黑暗的天空。"

照片／郭树楷摄影

我经常回头去想，人到底要在这世上留下些怎样的美丽？

我认为最重要的是留下爱心，这爱心会给人世间带来大片光芒。

　　星云大师的《流星》带给我很大触动，我选择这首偈语来写成歌，在六十岁左右的年纪来为一位八十几岁老人传达话语，向人们做着时间短促的提醒。我把《匆匆》那首歌所表达的用意联结到老人家智慧的话语里，最终用最简单的歌把它表现出来。

　　时间是最无情的东西，很多人一生里大的遗憾都与时间有关系。再给我一点时间，我可能会变得不一样；再给我多几分钟的时间，也许事情就不会变成那样子。曾经很多的事情就像发生在昨天一样，回头望去，那看似细水长流的时间只不过是水面上的一片粼光而已。时间从来不会保护你，但也不会把你丢弃，它悄无声息地流逝，没有人能够追赶得上，更没有人能够阻止。那亿万年的星宿闪耀在天空，当它变成一道光的时候，也只不过是一刹那。时间主宰着一切，它是开始，也是幻灭。当幻灭的瞬间来临，我们没有什么可以自言，只能坦然以对。

　　我从年轻时候开始写歌，一直到别人口中所谓有一点成就的时候，在这个过程当中，我在生命的力道上其实也是起起落落。我也会自甘堕落，也会力求改善，歌也就在这样的情形当中产生。

　　过去很长的时间里，曾经那个年轻有力的我一心往前冲，却不懂得回头好好反省自己，而现在到了年纪比较大的时候，我已有勇气面对那些我怨恨过的人，面对自己曾经做错的事情，我愿意在这样的时间里面，在以后的日子里面一直去反省，去有所作为。

　　如今我经常回头去想，人到底要在这世上留下些怎样的美丽？有的人留下一种风范，有的人留下他的作为，也有人留下他的诗与歌，但我认为最重要的是留下爱心，这爱心会给人世间带来大片光芒。虽然会经历聚沫与幻灭，但是人生总要留下一点美丽，正如星云大师对于人生短促的感悟：那些划过黑暗天空的流星，我们也只是其中的一颗。

照片／吴明哲摄影

我觉得自己终于到了一个可以告诉别人时光匆匆的年纪，
因为时间就在自己旁边，自己的"时间"随时会来到，
就像能量枯竭了的流星，随时会落下。

流星

词：星云大师

曲：胡德夫

人生短促如朝露　聚沫幻灭

但人生总要留下一些美丽

就像带着光芒的流星

刹那划过黑暗的天空

人生短促如朝露，聚沫幻灭

但人生总要留下一些美丽

就像带着光芒的流星

刹那划过黑暗的天空

就像带着光芒的流星

刹那划过黑暗的天空

Ara Kimbo

大地的孩子

阿美族的歌就像拍打在岩石与沙滩上的海浪，几千年来他们在海边生活，早已成为大海的一部分。他们是台湾原住民里面最早离开自己的部落来到都市圈打拼的族群，很多人没有再回到自己的故乡。

▶ ▷

20 世纪 70 年代中期的台湾，当局为了减少社会上的靡靡之音及对意识形态的巩固，由当地新闻局举办了一系列的"净化歌曲"活动，查处了不少禁歌，并持续展开符合当局要求的净化歌曲征选。1983 年，在李泰祥 [1] 的鼓励下，我创作了《大地的孩子》这首歌，并获得新民谣征选的第一名。同一时期，李泰祥邀请我参与了他第五次的"传统与展望"音乐会《新调》，并将校园民歌以管弦室内乐的形式发表出来。

但在那之后，这首歌也就被放在了一边，没人唱了，甚至连我自己也很少再唱。直到 2001 年，我到台东阿美族的都兰部落

1　李泰祥：台湾阿美族著名音乐家，在西方古典音乐的推广与流行音乐的创作领域均有深刻造诣。著名歌手齐豫、许景淳、唐晓诗、叶倩文等均受教于李泰祥，其歌曲创作的代表作有《橄榄树》《告别》《一条日光大道》等。

去观看他们丰年祭的时候，才将这首歌重新想起。也正是在那一次之后，这首歌才得以更加完整，最终被我收录在《芬芳的山谷》这张专辑里面。

那一次我在阿美族都兰部落观看他们丰年祭的时候，被他们的歌唱与舞蹈深深吸引。依阿美族的习俗，三岁便算作一个年龄阶层作为区隔，从十三岁开始算起，到十六岁是一个年龄阶层，十六岁到十九岁是一个年龄阶层，成年之后也是如此，这样一直延续到六七十岁。那天晚上他们收获完毕以后，根据自己的年龄区隔，各自到海边不同的地方聚在一起，烤鱼，烤肉，喝酒，在海边点起一排萤火跳起舞，唱起阿美族的歌谣来。

那一年我五十一岁，这个年纪已经不好意思直接加入他们的狂欢，更何况我也不是阿美族的人。但是我不能失去这与音乐接触的机会，于是躲到一块大石头后面去听他们唱歌。他们唱了一首阿美族高亢的歌谣，然后跳起了舞，那种音乐的美丽让我在石头后面听得出了神。其实他们当中很多人都是在海上顶着风浪打鱼的渔夫，也有的人在都市里面把高楼大厦打造得金碧辉煌。但在那时候的台湾，他们是社会最底层的人，许多不公平的事发生在他们身上，也同样发生在我们的民族。现在他们放假回来，居然可以唱得这么快乐，他们在享受这样的日子，但我知道，他们有的人明天就要回到基隆去出海，有的人要回到最高的鹰架上面去绑钢筋，也有的人要回到一两千米深的地下去挖矿，而这些苦难在这一刻似乎被他们遗忘掉了。

我一直躲在石头后面学他们所唱的歌，那样的旋律让我感到似曾相识，这时我想起自己十几年前唱过的那首《大地的孩子》，我试着在那首阿美族歌谣的后面直接加唱起我以前写的歌来。根本不用改变什么，不必衔接什么，不必做桥梁，我直接接着唱，这两首歌竟是那么相合。在我以前听到的或是自己创作的音乐里面，或许早有一些与这些阿美族歌谣相近的元素，在台东那里，我们两个民族早已互相交流了很久，有很多的音乐元素都在互相欣赏，互相使用。歌是相通的，气息也是相通的，然而我用汉语写的《大地的孩子》居然跟阿美族的歌谣可以完全地契合，这还是让我多少感到有些意外与惊喜。

我在《大地的孩子》里写过这样的歌词：

他们在蓝天下歌唱

歌声传遍四野

他在蓝天下歌唱

歌声传到远方

后来我又增加了两段歌词：

大地的孩子爱高山

大地的孩子爱草原

大地的孩子爱湖泊

大地的孩子爱大海

他们在大海边歌唱

歌声传到远洋

他们在大海上歌唱

歌声一直永远

　　阿美族的歌就像拍打在岩石与沙滩上的海浪，几千年来他们在海边生活，早已成为大海的一部分。他们热爱着大海，所以现在也只有他们所生活的台东附近的海还是干净的，因为他们知道如何正确地采集自己想要的东西。阿美族对自然就是这样的态度，人类要与大自然共荣，不管湖泊、草原或是森林、海洋，莫不是如此。在大自然中，人要有大爱，不是嘴巴上说爱而不去作为。人与自然是互相依赖的，人类的繁荣与大自然的繁荣同样重要。

　　阿美族的歌里面有很多太虚之词，那是超越人类语言表达的

照片／胡德夫提供

这是1983年我与李泰祥、唐晓诗在"传统与展望"音乐会上同台演唱，
如今大哥李泰祥已不在人世，
这样的画面也只能作为永远的追忆了。

音乐元素。然而令我意想不到的是它们居然可以衔接在《大地的孩子》后面，唱在一起。正是因为有了这样的衔接，我才觉得这首歌是完整的，才可以呈现《大地的孩子》真正的表达用意。如果写了很多的歌词，最后却还是空洞的话，还不如以这样的方式赞叹一下大自然，我们这些庸俗的人总是会被大自然所宽恕的。

阿美族的歌有种远古的味道，它的旋律很简单，也经常有一些重复，听起来好像很幼稚，很多人不理解，会说你们唱的不都是一样的歌吗？很多人听不懂阿美人在唱什么，但到了亚特兰大奥林匹克运动会上，全世界的人都听到了郭英男[1]唱的那首阿美族歌谣，当看到人们随着歌声摇曳时，那些之前说听不懂的人才会开口讲："我也能够听得懂阿美族的歌了。"

阿美族有着自己独特的历史，他们最早分为南式阿美、北式阿美两个支系。所谓南式阿美，就是现在留存在台东到屏东满州一带的阿美族；另一支阿美族从屏东满州渡海到花莲上岸，分布在七美、光复、瑞水那边，他们是北式阿美。南式阿美比较靠近我们卑南族，也靠近海边，他们是受卑南族统治很久的民族，虽然卑南族人口比他们百分之九十，但凭借着强悍的武力却足以征服他们。早期的台湾，各族群间的领土矛盾很大，人们都会有扩大猎区和生存领域的意识，卑南族在强盛的时候占领了台东，把种子、土地分给后来的阿美族人去种。

---

1 郭英男：台湾阿美族老人，因其演唱的《老人饮酒歌》片段被 Enigma 乐队用到歌曲《返璞归真》之中，并成为 1996 年亚特兰大奥运会的宣传曲，使郭英男的名字逐渐被人们所知晓。后出版个人专辑《生命之环》，完整收录《老人饮酒歌》。

南边的阿美族自称 Amis，他们与北边阿美族的语汇总体上差不多，但是有些个别地方不太一样，称呼上也不太一样。北边的阿美族称呼自己 Pangcah，因为那个地方比较富庶，他们就像个小王国一样，他们的首领很像过去的卑南王。在清朝乾隆时期，卑南王曾受到乾隆皇帝的召见，祖先们不远万里去紫禁城拜见乾隆皇帝。当年的赏功牌现在还陈放在台东的台湾史前文化博物馆中展览。

虽然这南北两支阿美族有些区别，但汉族的历史学家还是把他们统称为阿美族。阿美族是台湾人口最多的原住民族，现在大概有十五万人，而卑南族还是一万人。卑南族人靠海但不吃海，他们的农作物很丰富，足以靠山上的这些农作物养活自己，而阿美族人生活在海边，也没有人跟他们抢东西吃。阿美人的性情天生乐观，他们可以拿起锄头来帮别人工作，但很难拿起刀来与人为敌。卑南族以为自己很强大，其实是人家阿美族爱和平，后来凶猛的布农族从南投过来欺负阿美族，而台湾这些少数族群中唯一能够抵挡得住他们的就是卑南族，所以布农族被我们挡了下来。

音乐是阿美族非常重要的民族文化元素，他们的歌实在很丰富，卑南族在唱的歌几乎一半以上都是阿美族的歌翻过来的，虽然我们会把它唱得更卑南化一些，会把他们那些节奏明快的歌唱得更优雅，但如果仔细听，那其实就是阿美族的歌。他们习惯将歌舞混在一起，也喜欢集会，如果部落里面一座房子盖好，他们就会聚在一起庆功。如果部落有什么事情要谈，全族的人也会坐下来谈，顺便大吃一顿，喝酒唱歌。他们喜欢集体关怀村庄里发生的事情，有着集体集会的古老传统。

阿美族非常善于接纳其他族群的歌，会把其他族群的音乐元素融入他们的歌里面去唱，甚至能够把原本的闽南语歌直接用阿美族语唱出来。他们也学习一些排湾族的歌，而排湾族音乐里面也大量充斥着阿美族的音乐旋律。

阿美族人是台湾原住民里面最早离开自己的部落来到都市圈打拼的族群，很多人没有再回到自己的故乡。在我读大学的时候做过"旅北山地大专学生联谊会"会长，考来学校的原住民学生里面大部分是阿美族人；我在淡江中学读书的时候，六个学年里虽然只有二十四个原住民学生考进来读书，但他们大多也是阿美族人。

以前我讲的普通话没人听得懂，于是在淡江中学的时候拼命学大家怎么咬字发音，尽量让人家听得懂我说的国语。学会了国语以后我又开始学英文，我的英文成绩与学校里的同学相比算是很好的。有趣的是我把我学到的英文音标写信给我姐姐，姐姐一念就说英文的发音很像我们的语言，所以后来我常常看着英文的音标去想第三种语言要学什么，最终我选择了学习阿美族的语言。我向阿美族的朋友请教，通通做下笔记，等到我们即将毕业的时候，我用阿美族语跟那位朋友讲话，结果把他吓了一跳，他没想到我能学会这样的语言。

阿美族人通常对于音乐有着过人的天赋，台湾的两位非常著名的音乐人郭英男、李泰祥都是阿美族人。

我和郭英男老师相处的时间比较短。我曾有过一段十几年没有唱歌的经历，那时候常常在台东流浪到海边的角落里，我在那里听到陈建年他们的歌不断地从收音机里流泻出来，同时我也听到了 Enigma 的歌声，意外的是，在他们的歌里面我竟然听到了阿美族人的声音。那时我因为早年在学校打橄榄球的缘故而长了骨刺，每天早上需要拄着拐杖到海边去泡沙子，想把身体泡好一点，每天还要做一些类似体操的伸展运动帮助恢复。运动回来以后我常会听收音机，慢慢关注到 Enigma 的这首歌在排行榜上拿了名次，后来拿到白金唱片奖，1996 年的奥运会终于让全世界的人都知道了这首歌。歌里面阿美族人的声音即是郭英男老师的歌声，我与他的结缘就是这样开始的。

他喜欢听我讲笑话，常跟我说回台东的时候一定要经常见面才好，所以我每年回台东总是先到我姐姐家，等到时间差不多了，

我在阿美族都兰部落观看他们丰年祭的时候，
被他们的歌唱与舞蹈深深吸引。

就到菜市场去买郭英男最喜欢吃的生鱼片，再买一些菜提过去。郭英男和部落里的老人们在院子里面摆上桌子，我在杯子里倒了酒，拿出生鱼片，就开玩笑讲："可以开始唱了！"他们却说要等一下，先喝了酒才好，并让我再讲两个笑话。等他们慢慢喝得差不多了，歌声悠悠地飘了出来。后来给他们录歌的录音师干脆也都按照这个方式来录，先吃先喝，槟榔照样吃，在嘴里咬到一边去，一样可以开口唱。

后来郭英男老师收我做了义子，我们一起去日本演唱，我来做他们的翻译，我也会唱自己的歌，并与他们的歌结合在一起。短短那几年，他就像我的父亲一样，很多阿美族的歌都是他教我唱的，其他几个比他年纪稍轻些的老人家会再帮我注意一下唱法与细致的地方。阿美族的歌，一个外族人想要唱得很有阿美族的味道是很难的，他们有自己特有的用气与喉音。

几年以后的一天，一只蜈蚣钻进他的鞋子里面，他穿鞋子的时候脚被咬伤了，然后辗转地变成蜂窝性组织炎，就这样走了。我们难过不已，到他家里陪伴了十天。我看见他家里的老妈妈就坐在门口，不想进门，就坐在那里等着她老公回来。十天以后这位老妈妈心碎而死，悲伤到极点也跟着走了，我们在还没有离开的时候又接着办了另一个丧事。她没有生什么病，也没有什么轻生的念头，就是悲苦而死的。十天里两位老人相随而去，我很难过，却也为两位老人这样的相守而感动。

李泰祥与郭英男同是阿美族人，并且来自同一个部落——马兰部落，但李泰祥很早就从自己的土地上漂泊到台北来了。

李泰祥是我们的老大哥，后来我才知道，他的爸爸跟我爸爸是农校的同学，跟《美丽的稻穗》的作者陆森宝¹是同一班的，所以我爸爸也会唱陆森宝的歌，后来才传唱给我。我在哥伦比亚咖啡馆驻唱的时候，李泰祥也常来哥伦比亚喝咖啡，然后又到我铁板烧的店里，我有时候自弹自唱，他都会来听一听，直到后来1983年邀请我一起去参加他的"传统和展望"音乐会。那时候我们都在他的家里排练，排练之前会写一些歌，他写《橄榄树》《答案》时，都是我在旁边给他倒茶，他是老大哥嘛。

我爸爸生病的时候，他也帮我很多忙。其实他在当时过得并不是很好，但在经济上他帮助我很多，要我过好一点。我和他认识久了以后，请他教我正确的弹琴方法，他让我随便弹唱几首英文歌给他听，他听完以后告诉我："你根本不用去模仿别人的演奏

1　陆森宝：台湾卑南族音乐家，曾就读台南师范学校，读书之余苦练钢琴，毕业之后任教于新港、台东，教职退休后，即致力于原住民文化的传扬与延续，有"卑南族音乐灵魂"之称，他的作品《美丽的稻穗》经胡德夫的演唱闻名于世，《颂祭祖先》《卑南山》也被云门舞集纳为舞蹈配乐。

Difang

CIRCLE OF LIFE

照片／魔岩唱片股份有限公司提供

对郭英男来说，
唱歌就像喝酒吃槟榔一样，
是生活中最寻常的事情。

方式，照你自己的方式去做就好。弹准确一点，熟练一点。自弹自唱是你的优点和优势，台湾没有什么人自弹自唱，你就往这个方向走，但是一定要用你的呼吸，你的咏叹，这样你唱的歌才会有你自己的样子。属于自己的东西千万不要丢掉。"我一直记得他的话，所以自己要编前奏、尾奏的时候都会弹给他听。他指导着我，也指导万沙浪，就像老大哥照顾弟弟一样疼惜着我们。

他写的字长长的，就像竹竿一样，他每写完一句自己喜欢的歌词，就会说："Kimbo，你来唱这个。"他边弹琴边讲："写得不太好的就改一改。"在他写《橄榄树》的时候，我同样按他写的歌词试着哼唱下去，等整首歌写完了，我便问他："大哥，你见过橄榄树没有？"

"我也不记得那树长什么样子了，台湾很难见到，它在三毛诗歌里面是有的。"

"假如写一棵树，你会到想什么呢？会不会想到我们院子里的一些树？"

"院子里是什么树？"

"我们原住民家的院子里有栽种槟榔树，槟榔树开花的时候，整个村庄都弥漫着淡淡的香气，有点像桂花香一样，那个味道你应该记得吧？"

他说当然记得，小时候一直生活在台东，我也很想念那种故乡的味道，所以后来我们两个人常常会唱"为了那梦中的槟榔树"。

很多的原住民在李泰祥名满台湾的时候都在批判他不承认自己是原住民，说他不会分享荣耀给族人。我常常为他解释这件事：李泰祥大学毕业后与音乐教师许寿美结婚，许寿美是台湾很有名的新竹医院院长的女儿，他们一家人知道李泰祥是原住民，所以坚决不让女儿嫁给他。最后他们两个私奔了，并由朋友证婚，从此许寿美的爸爸和她断绝了父女关系，这是全台湾的报纸都刊登过的事情，大家都知道李泰祥是原住民，李泰祥自己怎么会不承认他是原住民呢？只是那个社会的氛围下不必太强调自己是原住民，有什么贡献可以强调呢？

李泰祥默默地从乐团首席小提琴一直做到指挥，后来又去指挥霍姆斯皇家交响乐团演奏他的作品，这样优秀的古典音乐人可以说是空前的。他写了一首很恢宏的曲子叫《大神祭》，那支曲子就有阿美族的音乐元素在里面。他会从他的作品里面表现出他是谁，那些批判他的人根本就不知道这个事情对他来说有多么重要。对李泰祥的这种批判是无力的，我有很多年都在和别人聚集的时候去驳斥他们。我认为李泰祥在音乐方面的成就堪称伟大二字，在他患了帕金森综合征的时候，依然还在整理自己的作品，还在创作，几乎要完成他所有作品的再录制。一直到他走为止，都还在为音乐而奋战。他就是那种一生竭尽所有的力量，燃烧自己的人。

　　李泰祥后来放下了高居古典音乐殿堂的身段，直接写歌来培育民歌人才，包美圣、唐晓诗、辛晓琪，包括杨祖珺，很多人接受过他的指导。他大量地为诗歌谱曲，做诗与歌的结合。他这样做以后，很多古典音乐人，包括他的老师，他的同学，都看不起他，觉得这种歌不值得费心，但他仍然努力不懈，在我们年轻的人旁边不断敲边鼓，也把所谓的民歌的体制改变了。在他手中完成的歌是那样优美，那种影响让人久久不能忘记。他没有高处不胜寒，大家可以朗朗上口的东西他会写，但也没有忘记对台湾的一些歌谣进行改编。他将许多民谣编曲成交响乐曲，自己监督它的制作过程，完成一张张伟大的作品。他培育了很多的歌者和学生，那些最优秀的歌手几乎都有他培育的影子在。

　　我在《芬芳的山谷》专辑中，特别唱了两首他的歌来纪念他，就是按照他告诉我的，我并没有按照他原始的曲谱那样唱，但我想表达对他的思念。我一直记得他跟我讲的那些话，用我的咏叹，用我的呼吸，不必去学别人的高亢，每个人都有他独特的地方，老大哥的这些激励我永远记得。

　　所以在我的《芬芳的山谷》专辑里，很多人听到一半才知道原来这是在唱橄榄树啊，歌的味道也不一样。其实无所谓好坏，我只是在用我的方式纪念李泰祥。

大地的孩子

词曲：胡德夫

大地的孩子爱高山　大地的孩子爱草原

大地的孩子爱湖泊　大地的孩子爱大海

他们在蓝天下歌唱　歌声传遍四野

他们在蓝天下歌唱　歌声传到远方

ha wu hai yan ho yai wu ho hai yan

ho wu hai yan ho yai hai yan

ha wu hai yan ho yai wu ho hai yan

ho wu hai yan ho yai hai yan

大地的孩子爱高山　大地的孩子爱草原

大地的孩子爱湖泊　大地的孩子爱大海

他们在大海边歌唱　歌声传到远洋

他们在大海边歌唱　歌声一直到永远

ha wu hai yan ho yai wu ho hai yan

ho wu hai yan ho yai hai yan

ha wu hai yan ho yai wu ho hai yan

ho wu hai yan ho yai hai yan ho yai hai yan

ha wu hai yan ho yai wu ho hai yan

ho wu hai yan

大地的孩子爱高山　　大地的孩子爱草原

大地的孩子爱湖泊　　大地的孩子爱大海

他们在蓝天下歌唱　　歌声传到远方

他们在大海上歌唱　　歌声一直到永远

ha wu hai yan ho yai wu ho hai yan

ho wu hai yan ho yai hai yan

ha wu hai yan ho yai wu ho hai yan

ho wu hai yan ho yai hai yan ho yai hai yan

ha wu hai yan ho yai wu ho hai yan

ho wu hai yan ho yai hai yan

ha wu hai yan ho yai wu ho hai yan

ho wu hai yan ho yai hai yan ho yai hai yan

Ara Kimbo ▷

鹰

它从大武山的皇宫出发，飞过广大的森林，去听溪流的歌声，去看美丽的小米田。它一直飞到太平洋边，盘旋回首，看到人们在大地上辛勤地耕作。

▶▷

Ara Kimbo ▷

　　在我很小的时候，经常可以在部落里听到人们吟唱着咏叹的歌声。这些咏叹是人们在生活中歌咏出心里的状态，并没有太多语汇。人们习惯用不同音阶的虚词在歌中表达内心的情感，而这样的虚词也叫作我们原住民音乐的音谱，是我们音乐最大的特色。

　　西方人在钢琴的黑白键上用音符来表现声音，他们有属于自己的文字，如果他们脱离开语汇而在音乐中表达情感的时候，大多只能用"la-la-la"这样的发声。汉民族的音乐里，通常会用文字来表达情感，很少用到虚词。而在大陆的少数民族音乐中会有少量的虚词出现，但仍没有台湾原住民在音乐中所使用的虚词丰富。

　　台湾的原住民音乐中有很多歌是用语汇来表达的，但当人们觉得这些语汇不足以表达心中更深层的东西时，便会用虚词来表达。台湾原住民音乐的源头是祭祀，我们所有古老的歌原本都是自己与上天之间在心灵上的对话，那些使用虚词吟唱的歌也都是唱给上天听的。

久而久之，这些被古老先辈们所使用的虚词流传到今天已经有了固定的几个音谱：hai yan ho hai yo yan na lu wan yen hoi yo yan。我们的祖先从人类众多的声音里筛选出这几个太虚之词，放到所谓的口传音乐里面去唱，表达一切的喜怒哀乐。这样的声音超越了一切想象，留给人们很大空间去探讨真正的音乐究竟是什么。

在郭英男所吟唱的《老人饮酒歌》中，他用虚词来表达老人聚在一起喝酒时候的内心情感。但如果用同样的虚词，对曲式、节奏稍加变换，也可以表达出悲哀、寂寞，或是欢喜、跳跃的情感。因为这些歌里面没有语汇的存在，其他人很难听懂它最真实、最接近于内心的表达。但这也正是台湾原住民音乐伟大之所在，用虚词唱出内心的感受。这是人类最早的 blues，也是直到今天都还具体存在着的古老歌谣的形式。

《鹰》这首歌原本是我小时候在部落里听到的一首排湾族古谣，后来我把卑南族与阿美族的咏叹元素添加进去，最终形成了现在的样子。这首歌在旋律上起伏非常明显，对于旋律很高的部分，我融合了排湾族的音乐元素，因为排湾族生活在高山，所以我用这样的元素来形容高山之巅；而对于旋律很平或较低的部分，我加入了阿美族的音乐元素，他们生活在海边，所以我用这样的元素来描述海浪袅袅碰撞着海岸；而这首歌的最后一句，夹带着卑南族的咏叹，我用这样的声调比喻天际当中的一段滑翔。这三种不同的咏唱交织在一起象征着高山、平原与海洋，我之所以把歌曲的名字叫作《鹰》，是因为我觉得在自然界当中，只有鹰才能唱出这样的歌来。

它从大武山的皇宫出发，飞过广大的森林，去听溪流的歌声，去看美丽的小米田。它一直飞到太平洋边，盘旋回首，看到人们在大地上辛勤地耕作。它在空中爬升，"噫"的一声，回到它的皇宫。它在巡视自己的土地与子民，日月在它的指间消落，大武山的左边是为"日"，右边是为"月"，它自己就是整片天空。

我们的歌谣、语汇、虚词，这些台湾原住民的音乐元素里面没有谩骂、鄙视、破坏这样消极的东西，歌里面更不可能出现豺狼之类的动物。我歌唱最多的动物就是老鹰，鹰是世界上很多民族的图腾，美国人延续了以前印第安人在美洲大陆对鹰的感觉，用鹰作为他们的国徽。在我们的传说里面，百步蛇是我们在地上的祖先，我们是它们的蛋。我们看到百步蛇不可以杀，要请它慢

照片／胡德夫提供

我唱的最多的动物就是鹰，它就像我们的最原始祖先一样，
翱翔在山巅之上，仿佛它自己就是整片天空。

照片／久原摄影

我的音乐里有许多虚词，
我将它们唱出来，用它们表达内心的想象，
这种表达的深厚超越了任何的语言。

走。百步蛇在地上往生了以后，升华到天上变成了鹰，所以我们认为百步蛇的皮纹与老鹰是一样的。我们认为鹰是比人还要灵光的生物，它就像我们最原始的祖先一样，所以它才会住在大武山的山巅之上，它的皇宫就在那边。

我用虚词来表达自己内心的想象，这是台湾原住民音乐延续了几千年的表达方式，这种表达的深厚已经超越了任何语言，有的时候五六段歌词都不及这太虚之词表达得更有力。它深沉的意味难以测度，这是一种人类心灵的密码。

早在没有文字的时代，就已经有音乐存在了。从仓颉造字到现在，文字的发展与变化历经了五千年时间，这些文字的假借转注让鬼神无所遁形。但我觉得虚词与音乐的结合是要比这更早的事情，人类在远古时代长期与上天进行心灵交往的过程里，就早已筛选出能够表达自己内心声音的咏叹，编织在喜怒哀乐的旋律当中。

这种虚词的吟唱延续到今天其实可以万流归宗，很容易衔接在英文歌或国语歌当中自然地接唱下去，我在自己的一些歌里面也有过这样的做法。这种虚词的唱法与声音丰富了我们台湾原住民音乐走向世界歌谣保护之路，也让我们的音乐拥有了属于自己的特色。

鹰

词：胡德夫 林怀民

曲：胡德夫

Na lu wan ani na lu wan na

Ya na hai yo yan ho hai yan

Yi ho hai na lu wan na

Yi a na wa hai hey na en

Ha ho a ho hai yan

Haiyan ho en yan ha ho hai yan

Ha ho a ho hai yan   Yi

我是大武山　天空的一只老鹰

我从我的皇宫出发

穿过广大的森林

穿过美丽的小米田

去听　会唱歌的河流
我一直飞　飞到太平洋边
我从那里折返

Na lu wan Yi na lu wan na

Yi ya na hai yo yan hao hai yai

Ho hai na lu wan

Yi a na wu hai yo hai ya en

Ha ho a ho hai yan

Haiya ho en yan ha ho hai yan

Ha ho hai yan Yi

Ara Kimbo ▷

芬芳的山谷

▶▷

『你是山林中最芬芳的山谷，你是山谷里最美丽的花朵，你是大武山最美丽的妈妈，在满山月桃花和飞舞的蝴蝶里』当我把这样的文字写进歌里，终于觉得这是对母亲的一种释怀，这样的歌才可以送给妈妈。

Ara Kimbo ▷

　　《芬芳的山谷》是 2000 年妈妈过世以后我写给她的一首歌。
但这首歌的创作并不是一气呵成，我不想像一般人那样用拼凑的
文字把母亲颂赞一番，这未免有点太虚了。在我长大的过程中，
母亲带着我认识我们生活的山谷，教育我怎样看待自己的民族，
所以相比之下，我更想找到一种感觉，描述我和妈妈在山谷里面
生活时候那种甜美的日子。

　　谈及这首歌的缘起，就不得不讲一讲我大姐曾告诉我的一个
故事。

　　在我做"原住民权利运动促进会"时，台湾当局非常反对，
在最急难的时候，我甚至被抓到了牢里。他们先派人找到我做乡
长的姐夫，对他说："你要劝你弟弟，不要去搞这件事情，不然你
就不必做下一届的乡长了。"我的姐夫答应他们努力说服我，但没

有成功。我反而告诉姐夫："你是排湾族人，你有自己的信念，也有属于自己的姓氏，应有自己的身份认同。"

当局看到姐夫没办法说服我，只好转向我妈妈了。他们请了一位排湾族的长辈，捧了一皮箱子的钱找到我妈妈，让她交给我，并劝我以山胞的名义另外去做一些与社会运动不相关的事情，更不要再用原住民这三个字了。在过去的年代里，山胞这个称呼是对我们原住民族群的一种蔑称，而我妈妈最赞成对我们的称呼就是原住民。她对那位长辈说："我儿子从小是用地瓜、芋头、小米养大的，我不知道这些钱能够拿来做什么，所以请你拿回去。"他们威胁我妈妈说，如果这样的话，就要把我送去绿岛的监狱，关在那里。而妈妈却说："我儿子十一岁离开我以后我就很少看到他了，你赶快把他关到绿岛去，我刚好可以每天从山谷上看到绿岛，也就能每天看到我儿子了。"

妈妈过世以后，我大姐把这个故事转述给我听，我也就是从那时候起开始酝酿《芬芳的山谷》这首歌。

在我三岁的时候，我们一家搬到了我后来生活的那个山谷。在我的记忆里，妈妈常把儿时的我带到山谷里面，去看看天上的老鹰，鸟群，蝴蝶，小米。阳光透过树林映照下来，落在太麻里溪上，妈妈在那溪流里面给我洗身子。炎炎夏日里，清冷的溪水

照片／徐昌国摄影

每当我演唱《芬芳的山谷》时，
母亲温暖的形象就浮现在我的脑海中，
带我回到那满山月桃花的家乡山谷。

凉透了我发烧的身体，我的心灵也好像被清洗了一样。

月桃花开满了整个山谷。按照我们的习惯，月桃树的叶子是用来包粽子的，包小米的，也包糯米的，那种味道至今我都还记得很清楚。而叶子上面的梗，我们通常抽出来编成草席。那叶子上面连接着一串串白色的月桃花，就像马尾巴一样漂亮。不过随着环境的改变，过去那种满山月桃花的景色如今越来越少了。

妈妈的陪伴，儿时最美好的回忆，不可以不写在歌里。而且讲到妈妈，也一定要讲到大武山，那是我们的母山，也是我很重要的歌的来源，所以才有了"太麻里溪谷最深处的地方，大武山怀抱的山谷。常披着彩虹的故乡，满山月桃花飞舞的蝴蝶"这样的歌词。

长大一点以后，我变得非常调皮，这可没少给妈妈惹麻烦。那时候我每天都要放牛，早上到山上去放牛的时候，我需要用一根很长的牵牛绳把牛拴在山上，好让它能够自由地吃草、喝水，这样我才能去上学。下午三点的时候学校降旗、放学，我再回到山上骑着牛回家。我身上挂一把竹剑，一把短刀，鞭打着牛从山上一路黄土尘埃地飞奔下来。站在村庄口的阿姨每次看到我这样从山上下来，都会对其他孩子大喊："小孩子闪开啊！"听到阿姨的这一声喊叫，原本在路上玩耍的小孩子全部躲闪起来，而我却嫌不过瘾，还要骑着牛在村庄外面绕上一圈，再到河里让牛喝饱水以后才回家。回到家以后我把牛给爸爸检查，他会摸摸牛的胃，如果两边的胃都鼓了起来，才证明它吃饱喝足了。

每天上课的时候，我经常担心牛绳会不会被石头缠住，那样它们就没办法到阴凉的地方去躲避太阳，我怕它们中暑甚至被晒死。终于有一次，我等不到放学便偷偷跑去把学校里的旗子降了下来，但这么幼稚的事情是不可能不被老师发现的，他们在学校里彻查是谁干的这件事。他们问到负责升降旗的校工，那校工说不是自己降的旗子，并说看到是我做的这件事。最终事情败露，我爸爸知道后非常生气，恨不得把我吊起来打，而我妈妈拼命护着我，不让爸爸打我。

然而并不是每一次我都有这么好的运气。

我有个同学家里是福建人，他爸爸和我爸爸是乡公所的同事，我觉得他爸爸的鹰钩鼻长得很怪，就跑到乡工所去，捏着鼻子做出鬼脸对那位同学的爸爸讲："你的鼻子就长这样子。"我当场表演给他看，然后马上跑出门去，他快要被我气死了，骑上脚踏车就在后面追我。眼看快被追到，我就在半路大斜坡的地方放了一根竹竿，害他一下子翻在地上。虽然没有被同学的爸爸追到，但这件事当然是以我被爸爸毒打而告终。

照片／郭树楷摄影

山谷在叹息，妈妈在哭泣。离家的时候我也不过是个懵懂的孩子，
当我再次回到家的时候，已经快要五十岁了。
已经八十几岁的妈妈依然给我无言的叮咛，给我无尽的爱。

　　我小时候常常因为玩耍而逃避学校的课程，学校留下的课业我都交给班里的女同学帮我做，等到晚上我再去把那些课业拿回来。但那些课业是好几个同学帮我做的，交出去的课业自然也是不同的笔迹，老师睁一只眼闭一只眼地看不出来，时间长了我也就习惯了。但我爸爸是知识分子，有时候会盯我的课业来看，这种不同的笔迹终于被他发现了，当他追问出来原因，我的结果又是很惨。不过有趣的是，现在我回到家里，我那已经做祖母的同学还会跟我讲当年是她帮我做的课业，要向我讨两瓶酒喝。

　　我十一岁离开生活了八年的山谷去往淡水读书，在我将要离开家的时候，妈妈在旁边哭泣着，一直叮咛着我怎样洗衣服，怎样缝扣子，告诉我针线都放在了哪里。当我真的要离开她的时候，她却什么话都讲不出来，只是不舍地望着我；而我爸爸则做出一副大男人监督着我离场的样子。但我知道，他其实也舍不得我离开的。

　　我在淡江中学那段时间，对家乡格外思念，每当寂寞与落寞的时候，我就跑到树林里面去，给每棵相思树都起上家乡同学的名字。我刚到淡水的时候讲的国语里面掺杂着浓重的乡音，没有人能够听得懂我讲的话，我只好躲去和那些相思树讲话。我自己问自己答，偷偷在树林里哭泣，哭完以后擦干眼泪再回到寝室或教室里。

　　放假的时候同学们都回家去跟爸爸妈妈团聚了，我因为离家太远而一个人留在学校里面。那时候刚好有一个名叫吴炫三的学长也留在学校，当时学校特别培养他，让他留在学校里画画，然后准备去师大读书。漫长的假期里，偌大的学校只有我和学长两个人到大餐厅去吃饭，有一个厨师在那里为留校的老师和我们两人煮饭。接近厨房，我闻到从里面飘出的味道就是我们家里常吃的菜的香味。以前在家的时候，我们的水稻收完了以后，休耕时会种高丽菜和油菜花，除野菜外，平时炒肉搭配的也就是这些菜而已。妈妈通常会用生姜来炒，蘸了酱油就能吃了。我在学校闻到这种香味，便会想起妈妈这时候大概也在家里的厨房里，炒着我们最熟悉的生姜高丽菜。

　　虽然以前山上物资很匮乏，但妈妈经常会为我们做出可口的饭菜。

　　她会把地瓜洗干净，用水煮到非常软烂近似于粥的样子，再把花生捣碎撒进去，最后把最嫩的蕨菜烫过以后摆在上面。这是我们最好吃的点心，食材也是随处可取的东西。

　　我妈妈很会烤山猪肉，山猪肉要反复几次熏很久，熏好以后外面又干又脆，切开里面是粉红色的嫩肉，这是很好的野味。我

照片／郭树楷摄影

在那些年里，
寂寞存在于对故乡和妈妈无比沉重的思念当中，
我像失去了山谷的小鹰一样，
迷失在茫茫的城市里面。

们那里有分肉的习惯，妈妈做好肉以后要分给邻居或其他的小孩子。但妈妈总会把最好的一块肉包起来留着，等我从外面回来，她就把这块肉偷偷塞给我。

我最爱吃的一种食物叫山地饭，有点类似上海的菜饭，但我们做法不同。我们用很丰富的野菜配上米饭一起煮，边煮边用一只勺子慢慢地搅，当饭变成比较稠的样子时把火撤掉，让它慢慢凝固。吃饭的时候要把所有的饭倒扣出来，堆成一个小山谷的形状。不需要准备碗，每人拿一只汤匙，把自己面前的饭菜划出一部分，吃多少就划多少出来。

山地饭的配菜是腌制的生姜片、咸鱼、豆腐乳，还有加了盐巴、烤得很脆、皮都焦掉了的三层肉。如果夏天的时候在山上吃这个，还可以去野溪里面取些冷水回来，把非常小的野生西红柿和雀椒碾碎泡在里面，放点盐巴，再加点蒜头进去，就成了一道美味又解渴的冷汤。

在妈妈过世以后，我也会学着她的样子做一些饭菜。虽然这是对妈妈的一种思念，但毕竟还是不同的感觉。那个时代从简单的食物里面可以吃到珍贵的东西，现在却不一样了。不过直到现在我都还很爱吃山地饭，有的时候也会到我妹妹那边去解馋。

在我离开家去读书的时候，大部分时间都要靠写信和家人联系。但初中一年级放暑假以前，我却从学校接到了正在读师专的姐姐打来的电话，她让我接妹妹回家。

说起妹妹，我和她还有一段这样的故事。在我三岁那年，只有六个月大的妹妹被过继到我爸爸的一个朋友家里做女儿。那时候我爸爸得了伤寒，算命的在爸爸病重时候讲，我爸爸属鼠，妹妹属蛇，如果不把妹妹送出去，爸爸会被她剋死。我爸爸很迷信，那时候他已经是年近五十的人了，刚好一个和他非常要好的朋友结婚多年而膝下无子，我的妹妹就这样被送到了爸爸朋友家里。

后来妹妹的养母出轨了，然后事情败露，妹妹的养父当然不允许这样的事情出现。没想到养母的情夫对养父怀恨在心，有一次他喝了酒回家，走到家门口时，妹妹养母的情夫趁他不注意，从后面用刀子砍了他三十几刀。妹妹的养父最后拿了自己的美式步枪，已经上了膛，但要打的时候已经没气了。

我妹妹刚好在后面的房间里看到全部过程，吓得她跳出屋梁往甘蔗园跑了，幸好那个凶手没有灭口。后来整个部落的人听说了这件事情，首领召集了很多人，带着三百支步枪去找那个人，最后他被警察抓到了。但看到父亲在自己眼前被砍杀，妹妹受到了严重的惊吓。姐姐要我接妹妹回家，不过她六个月大的时候就离开我们，我根本已经不知道她长什么样子了。姐姐说妹妹那里有我的照片，是姐姐她们送过去的，那张照片是我离开部落去淡水读书时候的样子，但我却没有看过妹妹的照片。

妹妹住的地方距离我们大概有七十公里的距离，蛮远的。她的养父死后，养母也跑掉了，虽然家里还有祖母，隔壁也有叔公这些亲戚，但严格来讲，他们一家三口就只剩妹妹一个人了，我心里很不舍。我向学校请了假，拿了一只最大号的空皮箱，一个人从台北坐火车绕花莲回到台东。经过妹妹居住的部落时我下了火车，带着大皮箱来到妹妹的学校，当时操场上很多女同学在上体育课。正当我发愁如何找妹妹时，一个小女孩跑过来叫我哥哥，我的直觉告诉我，她就是我的妹妹。我告诉妹妹的老师，我要带她回我爸爸妈妈那里。帮妹妹收拾好行李之后，我们坐了七十多公里的车终于回到了家。我把妹妹交给爸爸妈妈，告诉他们不要再把妹妹送给别人了。我转头坐夜车回到淡水去读书，而妹妹从那时起就再也没有离开过家了。

后来我很多的演出，包括《匆匆》那张专辑的发表，妹妹都会到现场参加，也会把我们兄妹的故事讲给别人听。妈妈最高兴的事情就是看到我们家人和睦，在录制《芬芳的山谷》这首歌时，我想起这些往事，不禁在录音室里哽咽起来，然后我听到录音室外面的工作人员随着我的情绪一同哽咽。后来我干脆把幕布拉了起来，把灯也都关掉了，不让别人看到我。

山谷在叹息，妈妈在哭泣，离家的时候我也不过是个懵懂的孩子。在那些年里，寂寞存在于对故乡和妈妈无比沉重的思念当中，我像失去了山谷的小鹰一样，迷失在茫茫的城市里面。

当我再次回到家的时候，已经快要五十岁了。那时我因为打橄榄球而患了骨刺，全身不舒服，连走路也要靠着两根拐杖。我离开家几十年，回来的时候已经有了小孩，那段时间我的心里已经没有歌了，我觉得人生没有什么趣味，甚至一度有过轻生的念头。我回到故乡去投靠已经八十几岁的妈妈，她依然紧紧地拥抱我，依然给我无言的叮咛，给我无尽的爱。

在那以后，我的义父郭英男，还有张惠妹、陈建年这些朋友用歌声呼唤我回来，慢慢地，我又重新开始了歌唱。在我人生最艰难的岁月里，与其说是我回到故乡陪伴妈妈，倒不如说是她在陪伴着我，是她陪我走过了那段最难走的路。

在妈妈弥留的时候，她不希望我为她担心，假装很坚强的样子。我仿佛看到她打开一道魔光，在那道魔光里面，我看到了绚烂的彩霞，看到那满山月桃花和飞舞的蝴蝶。妈妈常年生活在山谷里面，她的芬芳与土地的芬芳是分不开的。

"你是山林中最芬芳的山谷，你是山谷里最美丽的花朵，你是大武山最美丽的妈妈，在满山月桃花和飞舞的蝴蝶里。"当我把这样的文字写进歌里，终于觉得这是对母亲的一种释怀，这样的歌才可以送给妈妈。

如果你顺着太麻里溪溯流而上，到了七公里的风口处你会看见，在大武山怀中的 Ka-Aluwan 部落，那是我的故乡——嘉兰。我的妈妈就躺在那满山月桃花和飞舞的蝴蝶的，芬芳的山谷里。

芬芳的山谷

词曲：胡德夫

太麻里溪谷最深处的地方　　大武山怀抱的山谷
常披着彩虹的故乡　　满山月桃花和飞舞的蝴蝶
天空翱翔着苍鹰　　噫噫声响彻满山谷
地上有柔慈的妈妈　　无言的叮咛无尽的爱
求生就必母怀若离　　求知当必负笈远方
那骊声中叹息的山谷　　悲泣的妈妈懵懂的孩子
我是只失去山谷的小鹰　　迷失在茫茫的人海
我这一飞五十年　　承载着思念充满着寂寞
母亲弱视的眼帘　　走进疲惫困顿白了头的浪子
你依然紧紧拥抱着我　　那样的不忍不愿撒手
在你含咽最后芬芳的那口　　为我长留的气息

在你眸中的绽放我看到绚烂的彩霞　满山月桃花和飞舞的蝴蝶
你是山林中最芬芳的山谷　你是山谷里最美丽的花朵
你是大武山最美丽的妈妈　在满山月桃花和飞舞的蝴蝶里

如果你顺着太麻里溪　溯行而上
到了七公里的风口处　你会看见
在大武山怀中的 Ka-Aluwan 部落
那是我的故乡　嘉兰
就躺在那满山月桃花和飞舞的蝴蝶的
芬芳的山谷里

Ara Kimbo ▷

撕裂

我们没能给现在的年轻人更好的社会环境与更好的教育，而看到的全是空洞的口号和彼此的伤害。两岸之间的沟通也被这种氛围所削弱，有多少人在这样的撕裂之下被牺牲和葬送！

▶▷

Ara Kimbo　▷

　　2006 年的时候，诗人钟乔 [1] 邀请我到他所在的差事剧团参演一部戏剧，让我在舞台上灯亮的时候随意唱一些咏叹调，我见这事情不难便应了下来。因为我那天还要赶到另一个地方去演出，所以在我唱完以后必须马上退场，而舞台上接下来的戏是一口棺材将被抬上来，我在退场的过程中下意识朝那口棺材里看了一眼，发现躺在里面的人正是钟乔。他趁我不注意时从棺材里伸出手抓了我一把，害得我吓了一跳。我与他就是这样熟识起来的，在那以后便常与他聚在一起谈论戏剧了。

1　钟乔：台湾诗人、戏剧家。20 世纪 70 年代开始创作诗歌，80 年代成为陈映真主办的《人间》杂志重要作者之一，后创办差事剧团，为台湾当代戏剧界代表人物。

在钟乔的差事剧团里，还有一位与我熟识的朋友郑捷任[1]，他是我第一张音乐专辑《匆匆》的制作人。郑捷任与钟乔是老朋友，因此会在他的剧团里面做演员，而在此之外，郑捷任曾经为纪晓君、陈建年等歌手担任制作人，制作出版他们的 CD。他每次为卑南族歌手制作音乐，大概都会拿到金曲奖，这是他让我觉得非常厉害的地方。

有一天，郑捷任告诉我他最近写了一首歌，让我去听一听；由于他不善于唱歌，所以希望由我来唱。他随着事先谱好的伴奏唱了一会儿以后，我就把这首歌带回家去听。等我再见到他的时候，我已经能用自己的感受把这首歌唱给他听了。郑捷任告诉我这原本是钟乔的诗，在我练唱的时候，钟乔并没有告诉我这首诗背后的故事，我凭着感觉把《撕裂》想象成那种因为政治斗争而使人们彼此撕裂的糟糕感觉。

在台湾地区，蓝绿两种政治势力恶斗已久，台湾在原地空转，一切都沉沦下去，甚至包括年轻人的收入与前途。台湾的大学几年之间增加了很多，甚至联考成绩七分都可以考上大学。但是即便这样，还是会有学校招不到学生。教育所受到的影响已如此严

1　郑捷任：台湾音乐创作人。他致力于推广原住民音乐文化，为台东铁花村现任音乐总监。并曾为差事剧团等剧团创作配乐。

重，大家却都不上学而在忙着撕裂彼此。很多原本的好朋友因为政治信仰的不同而变得不再讲话，这样的事情甚至慢慢出现在父子、亲戚之间。将亲情友情彻底撕裂，这是多么悲哀的一件事。

我用这样的感受来练唱，整整两个星期我都这样唱下来。我没有使用郑捷任的伴奏，而是选择了自己弹琴。每天打开电视或走上街头，各种撕裂的画面不断出现，我在这种氛围下练习这首歌，越练感触越深。

两个星期以后，我唱熟了这首歌，回到郑捷任那里唱给他听。他说我唱得很好，伴奏也不错。我与他谈起这首歌，把我所有的感受告诉他，告诉他我在用蓝绿之争与族群间划分带给我的感受去唱这首歌。而后我才得知，这首《撕裂》不仅讲的是台湾地区的政党、族群，也在讲台湾一个非常特殊的群体——老兵。

我一直没有在公开场合唱过这首歌，只给巴奈听过这首歌的录音。在我出版《芬芳的山谷》那张专辑时并没有计划把这首歌放进去，因为这样的主题距离《芬芳的山谷》有点太远了。我没有想过要为哪一方势力或哪一个族群来站台演唱这首歌，我只想唱给大家听，让人们知道什么是撕裂。我是一个歌手，我和朋友们有感而发，最后由我代表作词作曲的朋友，用我的感觉把这首歌唱出来。我知道这种撕裂的强度，我可以看出台湾的孤僻，如果用这把撕裂的刀子要继续砍下去的话，人们恐怕都要互相砍到骨头里去了。

以前我在编辑作家联谊会的时候，社会上不会有本省与外省这样的族群分别。林义雄家里出事，大家不分彼此地去支援这个家。那些被关在绿岛的良心犯，他们大部分人的家属都是本省人，但许多外省的干部都会陪着这些良心犯的子女度过寒暑假期。那个时候的人们还可以感受到兄弟手足之情，还可以一起讨论台湾社会的问题，牵手站在一起去争取公平。但后来那些不同立场与族群的人们，彼此之间却真的不再讲话了。

二十年后，这些早已生疏了的人们被请了回来，我这个曾经的地下歌手再唱歌给他们。然而时隔二十年大家再相聚，却发现互相之间都不再说话了。我们安排他们穿插坐在一起，但这些所谓的高级知识分子，会因为这样的撕裂而反目得让彼此之间连最简单的问候都没有了。

郑捷任告诉我，这首歌产生的社会背景是1987年左右，很多的外省老伯伯逐渐凋零，他们的第二代以及那些还在世的外省老兵发起了外省人返乡运动。那时候台湾当局还没有开放大陆探亲，他们想要回乡的行为是不被允许的，他们争取着要回去看看

照片 / 久原摄影

小时候部落里外省老伯伯与我们结下的情谊依然萦绕心间，
而如今台湾的社会因为撕裂，
让彼此之间连最简单的问候都没有了。

自己的家人，看看自己的父母、太太、孩子、亲戚、朋友，至少也要回去给家里的祖坟上一炷香。但在当时的社会上还有另一种声音存在，那是一种对他们返乡念头的约束。

这些外省老兵一般会有退休俸禄，一个月大致有几千块到一万块的样子，虽然不是很多，但与当时的内地比起来也算相对富裕的。在这个福利之外，他们大多也有福利，这是他们应得的东西。这些外省老兵由于种种原因来到台湾地区，用自己的青春守护着这里，建设着这里，但他们老了以后却被安置在不毛之地，整理农场，建设粮田。他们中的很多人单身了一辈子，最终孤苦伶仃地离开人世，剩下那些活着的人一心想要回到大陆去。然而那个时候的台湾已经有了党外分裂的声音，很多人说这些外省老兵是台湾的米虫，漠视他们一辈子在台湾的贡献，这种情何以堪的事情在当时到处都是。

我们部落的十个外省老阿伯里面，有三个娶了我们原住民的老阿姨，他们还算有个伴；而村庄里面其他的外省老阿伯最终都是孤独地走了，我从小时候起便了解了他们的悲戚。郑捷任告诉我，正是因为他也看到这样的情形，才会写了这首歌出来。现在再回头来看这些歌词，它确实在讲一种更大的撕裂，这也是所谓外省与本省之间的撕裂。那个时候外省人并没有对本省人说什么，都是所谓"台湾人"在发动这个撕裂。这些外省老兵进退无据，内地是不可能回去的，但台湾地区一些不同的意识形态已经出现，他们所面对的只有谩骂和戏谑。

在我的家里也有一位外省老兵，那就是我的二姐夫。他是湖南桃江人，十八岁那年跟随青年军来到台湾，之后被安排到台大去读书。读完书以后一直做党务工作，后来被派到台东我们的乡里做国民党民众服务的组委，来到乡里的时候他已经四十岁了。他那样的职位在我们部落算很高的，乡长与他平级。他住在一个旧的卫生所里，那里的宅院很大，他带了七八个人一起来到这边，有湖北的也有湖南的，这些人在撤退来台湾的过程中一直与他在一起。后来他身居比较高的位置，所以大家都跟随他来到台东，希望能够在这边互相照应，可以讨生活。他们主要的工作就是垦山，然后付工钱给我们村庄的人去种生姜，等生姜收获以后我们再计算好重量与价格，从很远的山里把生姜背出来，外销到城市去。曾经的部落一度以此为生，我也有从山里背生姜出来。

从这些外省老阿伯来了之后，我们部落菜肴的形式与做法有了很大的不同。后来我姐夫娶了我的姐姐，虽然他们年纪相差二十几岁，但在结婚以后，我姐姐也变得很会煮菜了。我姐夫和这些外省阿伯常会在煮好菜后与我们聚在一起吃饭，这些湖南、湖北、四川的菜肴真是好吃极了。慢慢地，也有其他外省阿伯像我姐夫一样娶了部落的老阿姨，他们会有很多的趣事，但这些趣事的背后，也隐藏着这些外省阿伯不为人知的心酸。

我们部落里有一个老阿姨，她是我同学的妈妈，嫁给了一个外省老阿伯一起生活。他们把一对兄妹拉扯长大，后来这对兄妹十几岁的时候外出到都市挣钱去了。当他们赚到第一桶金以后，赶在自己阿爸生日之前回到部落给他拜寿，要孝敬他抚育的恩情。这位老阿伯和老阿姨结婚的时候，老阿姨根本不会讲国语，而老阿伯的山东乡音又重，互相听不懂对方说话。于是他们自己创造了一种语言互相沟通，几年下来，那位老阿姨多少也学了一点点国语，不过沟通依然不是那么顺畅。

他们的孩子回家以后，一家人聚在一起吃晚饭，饭后那位老阿伯去睡觉了，留下老阿姨陪孩子聊天。他们用方言问妈妈："明天就是阿爸的生日了，虽然他不是我们亲生的爸爸，但我们还是买了蛋糕要孝敬他，你知不知道他今年多大岁数？"老阿姨想了想说不知道，忙问孩子们要做什么。他们说要去买蜡烛，要在蛋糕上摆上阿爸正确的岁数来。老阿姨问他们："我该怎么用国语去问他？"孩子们说："这个简单，你就说'老公你今年几岁'就可以了。"老阿姨练了几次，觉得不难，便对孩子说："好了，我会了，你们去睡吧。"然后一边练习用国语讲这句话，一边洗衣服。

半夜的时候，这位老阿姨把老阿伯叫醒，老阿伯用浓重的山东口音问她："干什么呢？你不睡觉干什么呢？老太婆！"老姨顿了顿，开口问他："老公，你今天是谁？"老阿伯一下子醒了过来，被气得要命，对老阿姨说："大半夜不睡觉，还问我今天是谁，那昨天在咱家的又是谁啊？"老阿姨把孩子教她的国语忘掉了，闹了这样的笑话。我们部落里这些老阿伯和老阿姨生活在一起，由于文化方面的差异，经常会有很多这样的插曲出现。

我们村庄里另一位有趣的外省老阿伯也是山东人，我们都叫他老郭。老郭是一个很特别的人，身材非常魁梧，整天打赤膊。他种小米，养鸡，样样做得都很认真。他和他的太太一起住在我们村庄的小河边，他的太太个子不高，有点驼背，每次他要过河时，就把他的太太背起来，从河水里蹚过去。我们这些在河边玩的小孩子见到他都会学着他的山东口音喊叫着："老郭来了！老郭来了！"而他也会用山东话称呼我们小鬼。老郭过河以后会去河对岸杂货店买上很多他一周时间里所需要的生活物品，回去以后便在家里喝起酒来。他的酒量很浅，但很爱喝上几杯，喝到酒酣，脸总是红红的。

我们这些小孩子最喜欢看他喝醉以后像唱平剧一样地开讲：

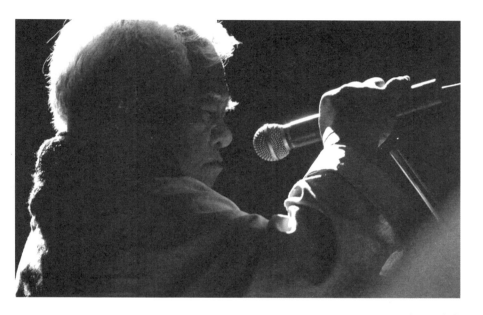

照片／久原摄影

我没有想过要为哪一方势力或哪一个族群来站台演唱这首歌，
我只想唱给大家听，
让人们知道什么是撕裂。

"我以前是八路军，我他奶奶的杀过日本鬼子！"他给我们讲他在部队里的故事，我们这群小孩子其实也听不懂他在讲什么，但我们听得很高兴，用力给他鼓掌。他经常忽然吓唬我们，又一下子讲回到他自己抗战的故事。他说他学过日语，然后用山东方言混杂着他所知道的日语讲给我们听："那些日本鬼子，他们来一个我就'坐咕噜'（坐）一个，来一个我就'坐咕噜'一个。"我们常被这老伯逗得大笑不止。

我们乡村里面有四家杂货店，全部是闽南人开的。他们在山上什么都卖，赚了不少钱。但他们从不参加我们每年的丰年祭，他们觉得那些事情和自己没关系，他们想要的只不过是钱与土地，丰年祭这样的事情他们觉得很无聊。但那些外省阿伯不是这样，尤其这位老郭，每次的丰年祭他都要参加。从我小时候起，一直到我离开那个村庄，我都会看到丰年祭上有他的身影。

每次丰年祭的时候，老郭都出现在他的太太旁边，大家围在一起吃饭，唱歌，跳舞。虽然老郭在那几十年里从没唱过歌，但是这样的活动他每次都会参加。后来有一次我回到部落参加丰年祭的时候，他看到我，热情地用山东方言向我打招呼："嘿！胡德夫，你回来了！你在台北啊？很好很好！"那一天我们坐在一起，大家吃饭唱歌，当轮到他太太唱的时候，老郭突然站了起来，说："各位乡亲，我老郭今天想唱三分钟的歌，每年你们都是两天两夜地唱给我听，今天我唱三分钟给大家听好不好？"大家没想到老郭也会唱歌，赶紧给他鼓掌。在这之后，老郭便把山东口音与我们原住民音乐当中的虚词完美结合了。"na lu wan ho hai yo……"他一边唱着这山东味道的歌，一边盯着自己的手表，等到了三分钟的时候，还不忘说上一句，"三分钟到了，谢谢大家！"大家觉得他是很有意思的人，都觉得老郭很亲切。

1978 年的时候老郭过世了，但我们这些小孩子都跟他很亲，从小模仿他山东口音互相嬉闹的习惯一直保留到了现在。五十年的时间过去，当初我们这些小孩子也早已上了年纪，但彼此见面以后仍不忘用山东话讲一讲笑话。林广财的姑丈也是山东人，我与他见面的时候一定要讲几句山东话才显得亲切。这对其他台湾人来说是不可想象的事情。台东深山里几个原住民竟会说山东、湖南的乡音，这是常人所不能理解的。但正是那些带着浓重乡音的外省阿伯，在我们童年的岁月里留下了最为深刻有趣的记忆。

和老郭一样，我的二姐夫平时也喜欢买点小酒来喝，但他更喜欢五加皮、竹叶青这样的烈酒，他经常自己炒一些菜跟我爸爸妈妈聚在一起吃饭。他每次喝多酒。都会从口袋里拿出一个小相簿，里面放着的是他妈妈的照片。后来姐夫的女儿出生了，他依

照片／郭树楷摄影

在每个部落里生活的外省老伯背后，
都有着一段不为人知的心酸。

然每年都拿出他妈妈的照片来，告诉我他想去看看老人家，不知道她现在好不好，只可惜现在回不去。我看了看他妈妈的照片，觉得姐夫女儿和他的妈妈长得简直是一个样子，那种血缘的亲情是割不断的。

就在台湾开放内地探亲的前一年，我的二姐夫过世了，最终也没能回到自己的老家去看一看。他在台大医院里面抢救的时候还在说着不甘心，他太想回家了。从十八岁来到台湾他就在等待，想等到自己老了，带着孩子回去看看，但最后还是留下了这样的遗憾。我曾问过我的父母亲，问他们心里觉得最好的女婿是谁，他们都说就是我的这位二姐夫。

在台湾，类似这样的故事实在太多了。十几岁的小孩子离乡背井到了一个小岛去生活，之后的四五十年始终待在那个地方。他们一直在等待可以回家的日子，但许多人最终却没能等到可以回去的那一天。那些幸运的能够回家看看的人，也早已是七八十岁的年纪，在他们准备回家的时候，却还有一些台湾人在骂他们。他们几乎整个人生都在这座岛屿度过，却找不到半点身份认同。他们被台湾人认为是外省人，被内地人认为是台湾人，自己的身份就这样被残酷地撕裂掉。

在我小时候生活的部落里，像老郭那样的山东大汉身旁围着一群原住民小朋友，他给这些小朋友讲笑话，他试着模仿原住民的唱腔唱歌给小朋友听。这样的画面好像是一个梦，一个美好的理想国。反而我们眼前的状态是对这种画面一再的撕裂，不断的撕裂。

我和李双泽过去常常会聊到一个话题，台湾人常说台湾一直处在缥缈之中，到底为什么会这样呢？我们原住民在看台湾族群间的纷争时经常会想，这些人恐怕早已忘记了最初是原住民接纳他们了。我们看到两岸之间的分离与矛盾时，也会想为什么同是炎黄子孙却一直争吵到现在呢？

李双泽是菲律宾华侨，他在大陆也有亲戚，所以两岸的情况他都了解，也有与我们相近的感觉。所以我和李双泽在聊到台湾及两岸的纷争时，他就产生了一个想法，他说让我们写一首歌吧，名字就叫作《一座大桥》。我起初还不理解，什么是一座大桥？在大桥上做什么？李双泽就解释说，所有两岸的人们，在这座想象中的大桥上熙熙攘攘，穿行往来。人们互相问好，不是擦肩而过，也不会冷眼相对。让我们试试看用歌词描绘这座大桥。可惜的是他讲完后没有几天就去世了，但他的这个想法却让我思考至今。

后来台湾发生的事情，族群之间的纷争更加严重，严重到把家人、朋友间的关系都撕裂了，以至于我和我的一些小学同学都彼此不再讲话了。政党的更替并没有改进人民的生活，却让大家彼此撕裂着，年轻一代背上了沉重的负担和债务。我们没能给现在的年轻人更好的社会环境与更好的教育，而看到的全是空洞的口号和彼此伤害。两岸之间的沟通也被这种氛围所削弱，有多少人在这样的撕裂之下被牺牲和葬送！

李双泽想象中要建的那座大桥，现在变得更加有必要，也更加有意义。只有我们下定决心说：来，让我来做这座大桥的桥墩！让我来做这座大桥的栏索！让我来做桥上的螺丝钉！人们才能在这座大桥上彼此的寒暄，温暖每个人；我们才能抛弃无聊的纷争，认真倾听对方，拥有彼此相爱的人生。

这首《一座大桥》才是真正的中国好声音，需要两岸同胞一起谱写。

每个生命都愿意和平友爱地过一生，可以有向对方问好的机会，与政治、经济无关，这是作为人的心愿。

最好的歌，就是一座大桥。

撕裂

词：钟乔

曲：郑捷任

撕裂我吧　撕裂我难堪的过去

撕裂我吧　撕裂我沉没的现在

他们说　我没有过去

我的过去已沉没　沉没像一条搁浅的船

所以我去海边看自己

所以我被海洋给封锁

所以我在家里看夕阳

所以我被夕阳给包围

请问屋檐上还有风雨吗

请问风雨中还有旗帜吗

请问旗帜上还有风采吗

请问风采中还有我在吗

撕裂我吧　撕裂我不安的身体

撕裂我吧　撕裂我飘荡的灵魂

我不再问　我不曾问你

如果你不浇熄我

我就像一把火烧尽你

撕裂我吧

图书在版编目（CIP）数据

我们都是赶路人 / 胡德夫著 . -- 北京 ：北京联合
出版公司 ，2016.7
ISBN 978-7-5502-8267-4

Ⅰ．①我… Ⅱ．①胡… Ⅲ．①人生哲学－通俗读物
Ⅳ．① B821-49

中国版本图书馆 CIP 数据核字（2016）第 160875 号
北京市版权局著作权合同登记图字：01-2016-5046

我们都是赶路人

特约策划　张钰良　许　菲
监　　制　黄　利　万　夏
丛书主编　郎世溟

作　　者　胡德夫
责任编辑　夏应鹏
特约编辑　宣佳丽　路思维　牛　闯
装帧设计　紫图图书 ZITO®

北京联合出版公司出版
（北京市西城区德外大街83号楼9层　100088）
北京瑞禾彩色印刷有限公司印刷　新华书店经销
100千字　710毫米×1000毫米　1/32　8.25印张
2016年7月第1版　2016年7月第1次印刷
ISBN　978-7-5502-8267-4
定价：58.00元